L'ÉCLAT DE NOUR

Suivi de
SONGE ROUGE

Thierry Brunello

L'ÉCLAT DE NOUR

Suivi de
SONGE ROUGE

© 2022, Brunello Thierry

Édition : BoD – Books on Demand, info@bod.fr
Impression : BoD – Books on Demand,
In de Tarpen 42, Norderstedt (Allemagne)
Impression à la demande

ISBN : 978-2-3224-0774-3

Dépôt légal : Avril 2022

AVANT-PROPOS

L'immense œuvre des *Mille et Une Nuits* est anonyme. Elle nous vient d'un ouvrage en sanskrit traduit plus tard en arabe, puis s'est peu à peu oralisée.

Les *Nuits* sont toutes à la fois récits merveilleux, épopées, romans, contes d'humour et de ruse et fables morales. Les textes sont en majorité écrits en "arabe moyen" parfois relevés de prose rimée et rythmée, et parsemés de poésie. Tout y est d'une grande complexité, tant par la construction que par les thèmes abordés.

L'éclat de Nour n'appartient pas aux *Nuits*. Elle se situe à leur périphérie, elle n'est qu'une excroissance imaginaire des récits de Shéhérazade. Son histoire se situe dans ce monde intemporel et fantasmé, mais les personnages y sont plus modernes et la réflexion plus actuelle. De ce fait, la narration, tout en préservant l'essentiel du style, y est plus contemporaine. Par extension, les pensées et les vers intégrés au récit proviennent en partie de philosophes et poètes ayant vécu après le règne de Hâroun al-Rachid.

Je remercie chaleureusement Marc E. et Jean-François L., ainsi que Madame K. pour m'avoir éclairé sur la richesse labyrinthique du monde musulman. Leurs pertinentes remarques m'ont permis d'échapper à de nombreux pièges culturels et littéraires et à me sortir de situations inextricables.

J'espère de tout cœur que ce conte singulier sera accepté de tous, aussi bien des spécialistes que des néophytes, des croyants et des athées, et qu'ils s'en divertiront.

Quant à *Songe Rouge*, il s'agit d'une nouvelle. Comme son titre l'indique, ce n'est pas un conte mais un rêve. Un mirage afghan. Écarlate.

*Pour ma mère, pour ma sœur,
femmes d'exception.*

« *La conduite des Anciens doit servir de leçon à leurs descendants. Que l'on considère ce qui leur est advenu pour s'en instruire. Que l'on prenne connaissance de l'histoire des peuples anciens pour savoir distinguer le bien du mal. Gloire à Celui qui rappelle leur exemple afin qu'il soit médité par leurs descendants.* »

Les Mille et Une Nuits
Édition de Jamel Eddine Bencheikh et André Miquel

PROLOGUE

Assis dans son fauteuil, le regard perdu dans le carré azur de la fenêtre, Shapur caresse distraitement le flanc soyeux de Daryush. En boule sur les genoux de son maître, le chat ronronne, et cette paisible vibration contient toute la mémoire du monde.

Car Daryush est d'une race féline très ancienne, et toutes les vies dont il a hérité lui ont offert un savoir sans limite. À l'origine du monde, il y eut le Soleil et la Terre. Vinrent ensuite les montagnes et les mers, puis les plantes et les fleurs, les animaux en multitude, et enfin les hommes. À ces derniers, le Créateur leur transmit sa Parole, et les hommes furent à leur tour doués de parole.

Daryush sait que tout message divin est sujet à interprétation. L'homme, par son imperfection, par sa farouche faiblesse à vouloir dominer les consciences, est capable de transgresser la Parole révélée, de la pervertir, de la tordre à sa propre volonté, comme si Satan lui-même s'en était emparé. Qu'elle vienne d'Abraham, de Jésus ou de Mahomet, elle peut être ainsi irrémédiablement souillée. Car si Dieu est amour, s'Il est lumière, comment expliquer l'obscurité barbare des temps anciens et nouveaux ?

N'est-il pourtant pas écrit que le pire de tous les crimes est de vouloir se substituer à Dieu ?

Daryush a vécu tant de vies qu'il ne saurait plus aujourd'hui à quel prophète se vouer. D'ailleurs quelle importance puisqu'il considère que toute religion a droit de cité, même celle qui consiste à ne pas adorer les dieux. Car certains n'ont pas besoin de prier pour aimer, et ceux qui leur jettent la pierre sont gens de peu de foi.

Daryush se blottit un peu plus entre les genoux de son maître. Ses pensées arriveraient aux oreilles des mollahs qu'il serait condamné pour hérésie et mis à mort sur-le-champ. Fort heureusement, il a cette chance de ne pas parler le langage des hommes, et il en ronronne de plus belle.

Shapur a passé tant d'heures, de jours et d'années à se laisser bercer par la sagesse millénaire de son chat qu'il a beaucoup appris. Il connaît la lumière divine, celle qui pousse au rêve, à l'espoir, à l'indicible, et qui nous grandit. Chaque être humain qui naît en ce monde la porte en lui. Il s'agit de la révéler pour que la conscience s'en empare, pour qu'elle s'épanouisse dans l'esprit et irradie du cœur.

C'est le premier jour de classe et Shapur, respectable instituteur, se demande s'il va être à la hauteur du défi qu'il s'est imposé ; au lieu du discours habituel de bienvenue, il a décidé cette année d'offrir à ses élèves une histoire singulière. Il espère qu'elle marquera leurs jeunes esprits tout comme elle avait marqué le sien il y a bien longtemps.

Le récit lui vient de ses ancêtres. Les années ont effacé beaucoup de détails et Shapur a passé les deux mois d'été à colmater les trous de sa mémoire, puisant dans son imagination pour reconstituer tout le canevas. Le monde a changé et il s'est également efforcé de mettre certaines choses au goût du jour. Il espère qu'aucun parent ne s'en offusquera. Quant à l'imam du village, il ne s'en inquiète guère, fortifié par l'idée que certains jugements ne peuvent être rendus que par Dieu Lui-même. Dans son for intérieur, Shapur veut inviter ses élèves à découvrir des courants de pensée différents, à approcher d'autres points de vue, afin de ne pas clamer que le leur est le seul qui s'impose.

Il a judicieusement choisi le lieu où il contera son histoire : un jardin chargé de sens où ses propos résonneront avec une acuité toute particulière.

Dans cinq minutes va retentir la cloche de l'école. Shapur embrasse Daryush entre les oreilles, puis referme doucement la porte derrière lui.

Les garçons sont déjà assis lorsque Shapur entre dans la classe. Les joies de l'été, avec ses escapades et ses travaux des champs, les ont bien fait grandir. Chez certains, les premières notes de l'âge adulte vibrent déjà dans leur voix. L'annonce d'un premier jour d'école buissonnière les ravit. Il a été décidé que les filles seront également du voyage, accompagnées par Shereen, l'institutrice.

Shapur en tête, ils empruntent le sentier de la montagne, laissant derrière eux le village et son écrin verdoyant. L'aridité reprend vite ses droits dans ces hautes terres du nord de l'Iran. Plus ils s'élèvent, plus se découvre la vallée, le chaos de ses entablements de rocaille rouge, la route qui serpente d'oasis en oasis et qui finit par se perdre dans le voile brumeux des plaines.

Sous leurs pieds, le Charud gronde dans les profonds replis de la gorge.

Sur le puissant contrefort rocheux qui domine le sentier, le soleil matinal touche de ses premiers rayons ce qui reste de l'ancienne forteresse d'Alamut. La légende raconte qu'elle fut le berceau des Assassins, qu'un érudit au cœur sombre avait empoisonné de jeunes esprits pour les envoyer répandre la terreur à travers l'empire. C'était il y a mille ans, lorsque régnaient les Seldjoukide. Philosophe, Hassan Ibn Saba avait étudié toutes les doctrines, toutes les religions. Il avait fini par forger la plus redoutable des armes : l'illusion. Enivrés de vin et de haschisch, ses fidèles fédayins goûtaient par avance aux joies promises aux braves dans les jardins d'Allah avant d'aller d'un cœur léger poignarder les puissants de ce monde.

Shapur est un homme instruit. Il sait que l'ignorance est la proie privilégiée des esprits mal intentionnés. Plus que la pauvreté elle-même, elle est le terreau le plus fertile pour semer la graine de la haine et de la violence.

Le chemin s'élève sur le versant de l'Elbourz, tracé dans le rocher rouge, contournant la saillie d'Alamut qui oblitère désormais l'ouverture sur la vallée. Elle les domine de sa paroi sévère alors que les cailloux, écartés par le pas des écoliers, dégringolent dans un gouffre de vertige.

Passé le petit col, ils arrivent enfin dans une combe blottie au creux de la montagne. Tous les enfants du village connaissent ce vallon pour y être venus au moins une fois chercher l'aventure. L'endroit est sans nul doute le plus beau de la vallée, car c'est un endroit secret.

Ici coule une source fraîche qui a fait jaillir des pistachiers, des pommiers et des mûriers. C'est le refuge des grives, des rouges-queues noirs et des fauvettes, le terrain de jeu des daims, des chats sauvages et des écureuils. Dans le tapis des plantes vivaces se déploient les touffes d'armoises au parfum entêtant. Au-dessus du vert feuillage des frênes surgit une famille de peupliers qui défie la masse écrasante du roc d'Alamut.

On raconte que c'est ici que se trouvaient les jardins du Paradis. Les fédayins y passaient une unique nuit. La voûte des arbres et la lueur des flambeaux dissimulaient facilement la forteresse toute proche. La beauté des houris, les vapeurs du vin et les effluves du haschisch faisaient naître en eux de tels plaisirs qu'une fois réveillés entre les murs de la forteresse une terrible frustration les tenaillait. Ils étaient alors prêts à sacrifier leur vie pour revivre éternellement cette félicité.

Mais aujourd'hui, seule une brise tiède et innocente murmure à l'oreille des enfants. Les filles s'installent dans l'herbe autour de Shereen, les garçons se posent de l'autre côté du ruisseau. Shapur s'assoit sur un rocher qui les surplombe tous. En voyant ces jeunes visages tournés vers lui, il doute soudain de la portée qu'auront ses mots. Puis il se souvient qu'il n'était pas plus âgé lorsque ce conte était parvenu jusqu'à lui. Le duvet qui assombrit déjà les joues de certains le conforte dans son élan.

Le monde est là, tout autour, qui retient déjà son souffle. L'instituteur jette au ténébreux rocher un regard de défi, puis il s'éclaircit la gorge et commence son récit…

L'éclat de Nour…

On raconte – mais Dieu est le plus savant, le plus sage, le plus puissant, le plus généreux – qu'il y avait au temps jadis, il y a bien, bien longtemps, un souverain qui régnait sur un riche royaume.

Sabûr, car c'est ainsi qu'il s'appelait, était désormais vieux et ses forces le quittaient. Il passait le plus clair de son temps alité et se bornait à fixer la fenêtre de sa chambre, celle qui donnait au sud, sur les neiges éternelles au pied desquelles ses aïeux étaient enterrés.

Il y cherchait une réponse.

Il avait certes comblé son peuple ; les ponts qui enjambaient l'Indusi s'étaient multipliés et les voies commerciales qu'il avait prolongées jusqu'à Damas, Bagdad et Samarcande étaient chaque jour empruntées par de nombreuses caravanes. Mais la pensée tenace de savoir ses garnisons postées aux frontières du Tarkum l'affectait. La guerre avait débuté il y a si longtemps que ni lui, ni ses ancêtres sur cinq générations n'en connaissaient plus la cause. Le royaume du roi Abd al-Bassir était l'ennemi héréditaire, et les années de sang s'étaient succédées sans qu'il eût cherché à faire changer les choses. Le crépuscule de sa vie le poussait désormais à s'interroger sur cette négligence.

Sabûr en était ainsi à méditer lorsque Abû Rabâh, son fidèle vizir se présenta. Il s'agenouilla, le salua selon l'usage mais hésita ensuite à engager la conversation. Il fallut que le roi soupire d'impatience pour que Abû Rabâh tende enfin sa main vers lui. Dans le creux de celle-ci se trouvait un étrange flacon. À travers les parois translucides se devinait un parchemin roulé, jauni par les ans. Le vizir l'avait reçu des mains d'un riche négociant, qui l'avait lui-même recueilli d'un pêcheur du lac de Ûm, qui l'avait lui-même sorti du ventre d'un gros poisson aux écailles argentées. Le peuple était bien trop superstitieux pour s'aventurer à déchiffrer un message venu vers lui d'une si étonnante façon, et il considérait que seul son bien-aimé souverain pouvait prétendre à connaître les véritables desseins de l'Éternel.

Le roi Sabûr ordonna donc à son vizir de faire sauter le bouchon de cire. Celui-ci se rompit sans résistance, mais à l'instant où le message fut libéré, un souffle fétide s'échappa du flacon. Ce présage funeste impressionna tant Abû Rabâh qu'il n'osa plus poser le regard sur le parchemin. Le courage du roi n'était plus à prouver, et malgré la faiblesse de son bras, il prit le papier des mains du vizir et le déroula à sa place. C'est alors que le visage de Sabûr fut saisi d'une telle pâleur que Abû Rabâh crût la mort du souverain arrivée.

- Par le Très Haut, pensa-t-il, qu'ai-je donc fait ?

Dévoré par la culpabilité, le vizir se jeta au pied du lit et déchira ses vêtements en pleurant :

- Oh Sire ! Souverain bien-aimé, pardonnez ma faiblesse. Faites-moi battre, punissez-moi, tuez-moi et que Dieu m'emporte à votre place. Mais vivez, vivez encore ! Jamais je n'aurais dû vous infliger pareil tourment !

Le roi posa ses doigts fébriles sur l'épaule du vizir et le réconforta :

- Tu as fait ton devoir, fidèle ami, et je ne t'en veux pas. Sèche tes larmes, car le Tout-Puissant, dans sa Miséricorde, a décidé de me laisser encore assez de force pour exaucer son désir.

- Quel désir, Auguste roi ?

- Lis, et tu sauras.

Tremblant, Abû Rabâh déroula à son tour le parchemin et le porta à son regard :

Sur Hassan l'ombre s'abattra
Sur Nour la lumière jaillira
Sur leur union la main d'Allah

Devant un si étrange présage, Abû Rabâh en resta muet de stupeur. Quant au roi, toutes ses pensées convergeaient désormais vers un point imaginaire, très loin au sud. Il n'avait jamais contemplé les rivages de la Grande Mer, mais peut-être à cet instant tentait-il d'en imaginer la beauté ?

Il laissa échapper un murmure :

- Nour…

En pleine confusion, le vizir réfléchissait tout haut :

- Que veut dire ce charabia ? Ce message n'a ni

queue ni tête.

Mais le roi, parce qu'il était roi, avait plus de sagesse et de discernement que son vizir. Dans Sa Miséricorde, le Très Haut avait écouté les regrets de son cœur, et dans Son infinie bonté lui offrait d'accomplir l'ultime tâche de son règne et sans doute la plus éclatante : marier Nour à Hassan. La paix serait signée mais plus encore que tout cela, leur union assurerait enfin sa descendance.

Sans hésitation, il dit à son vizir :

- Cesse de torturer ton esprit. Va, et demain à l'aube, pars pour le sud et offre à Abd al-Bassir la main de ma fille à son fils.

- Sire ! s'exclama Abû Rabâh. Pourquoi tant de hâte ? Ce parchemin ne pourrait-il être l'œuvre d'une sorcière ou d'un génie malfaisant ?

Le roi aurait dû réprimander le vizir pour son manque de foi, mais il préféra lui adresser un sourire plein de bienveillance, ce qui désespéra encore plus Abû Rabâh. L'idée que son roi eût définitivement perdu la raison lui effleura l'esprit et la honte lui rosit le front.

L'éclat de Nour, car tel était son nom, faisait pâlir l'astre du jour. Sa peau irradiait comme la nacre, ses yeux, aussi noirs que l'ébène de ses cheveux, parlaient d'amour, et tous les mortels qui avaient eu le privilège d'admirer une telle splendeur avaient rendu grâce au Créateur.

Pourtant, aux dires de son père, Nour avait un inexcusable défaut : son indocilité. Sabûr s'était toujours confronté au caractère rebelle de sa fille. Déjà petite, elle passait les grilles du harem pour aller jouer avec les papillons. Espiègle, elle se régalait à défier le vertige des hautes murailles sous le regard terrifié des eunuques qui la poursuivaient, jusqu'à ce qu'un garde ne la rattrape et ne la ramène dans les bras de son père qui la sermonnait. Mais les sermons n'avaient pas de prise. Au début, Sabûr ne se soucia guère de la désobéissance de sa fille ; il pensait que la soumission viendrait avec l'âge. Il se trompait, car la petite mutine se transforma en une jeune fille hardie qui refusait le moindre asservissement.

Si cette force d'âme en effrayait beaucoup, elle exerçait néanmoins un pouvoir d'attraction sur les plus puissants de ce monde ; ils pensaient que dompter Nour relevait d'un défi lancé par Dieu

Lui-même.

La réputation de sa beauté avait franchi les frontières du royaume ; on en parlait dans tout l'empire et il ne passait pas un jour sans qu'un prince, un roi ou un sultan n'envoie une délégation pour demander sa main. Mais Nour refusait systématiquement tous les prétendants. À son père qui en cherchait la raison, elle répétait obstinément qu'elle ne souhaitait point se marier.

Plus le père insistait, plus la fille s'entêtait :

- Je suis née reine. Pourquoi donc accepter de me soumettre aux caprices d'un homme, fut-il roi lui-même ?

Lorsque Nour, précédée du vizir, entra dans la chambre de son père, Sabûr quitta des yeux la cime étincelante du Mont Qaf pour se tourner vers l'éclat de sa vie. Mais avant qu'elle ne soit parvenue jusqu'à lui, Abû Rabâh se pencha à son oreille et lui tint ce discours :

- Sire, parlez à votre fille comme à une reine, non comme à une femme, et elle vous écoutera.

Le roi décida de suivre le conseil de son fidèle vizir et tendit la main vers sa fille.

Elle s'était à peine assise sur le bord de sa couche qu'il déclara :

- Tu épouseras Hassan, fils du roi Abd al-Bassir. Tu nous offriras la paix et uniras nos deux royaumes.

Nour se raidit de stupeur, mais le vieux monarque s'empressa de poursuivre :

- Pense aux soldats que tu rendras à leurs femmes et à leurs enfants. Pense à leur bonheur d'être réunis. Pense à tous ceux qui, grâce à ton sacrifice, auront une longue vie. N'oublie pas que ton devoir, par la bénédiction du Très Haut, est d'alléger le fardeau de ton peuple. Ne le laisse pas souffrir inutilement.

- Père, répondit Nour, ni vos aïeux ni vous-même n'avez tenté d'arrêter cette guerre. Pourquoi devrais-je aujourd'hui payer le tribut de vos faiblesses ?

- Ma fille, jamais sur cinq générations telle occasion ne s'est présentée.

Mais comme Nour persistait dans son refus, son père lui révéla l'existence du parchemin que le Très Haut lui avait fait parvenir de si étrange manière. Comme elle avait peine à le croire, il lui présenta le petit rouleau de papier et elle put constater de ses propres yeux que son nom y était inscrit.

Méditant sur le mystérieux message, la princesse garda le silence. Enfin elle soupira :

- Une fille peut défier son père, une princesse peut affronter un roi, mais devant l'Éternel, ma volonté m'abandonne.

Et dans un murmure amer, elle accepta.

- Mais à une condition, dit-elle.

Sabûr tendit l'oreille avec bienveillance.

- Nulle autre femme, nulle concubine ou autre esclave ne devra jamais partager la couche de Hassan.

Le roi se pétrifia. Il dévisagea sa fille comme si

Satan s'était soudain incarné en elle. Hébété, il articula :

- Une seule… femme ?

Sa voix tremblait à la fois de frayeur et de colère.

- Ma fille, à travers le Prophète et ses douze épouses, c'est le Très Haut que tu insultes !

- Dieu n'a rien à voir avec cela, répliqua Nour. Ce sont les hommes qui insultent les femmes.

- Épouser une femme pour la sortir du veuvage ou de la misère et l'intégrer au harem n'est pas une insulte mais une bénédiction, se défendit le roi.

- Qu'il les épouse ! Mais je serai la seule à partager la couche de Hassan. Je lui donnerai un héritier mâle, et ce sera ainsi !

Sabûr était scandalisé. Il ne pouvait concevoir telle arrogance. Aucun homme, et encore moins un souverain n'accepterait un tel affront. Il chercha du regard l'appui de son vizir mais Abû Rabâh, retiré dans un coin de la chambre, louchait imperceptiblement sur le bout retroussé de ses babouches.

- Ma fille, dit enfin le roi, l'important pour le bonheur de notre royaume est ton union avec le fils de notre ennemi héréditaire. La suite ne me concerne plus. Ce sera à toi et à toi seule d'imposer à ton époux cette condition.

Il sourit un peu faussement et rajouta :

- Je suis persuadé que ton obstination et l'éclat de ta beauté y parviendront.

Il l'attira à lui et baisa tendrement son front.

Le prince Hassan étourdissait ses sens sur les dunes du Sindar. Son destrier touchait à peine le sable, et lui, cheveux au vent, riait comme un enfant. Il aimait s'échapper de la cour de son père, le roi Abd al-Bassir, et goûter à la liberté hors des murs de la cité. Ainsi chevauchait-il, faisant la course avec les mouettes car la mer n'était pas loin, puis il bifurqua vers le nord et s'enfonça dans le désert jusqu'au puits de Kalam. Dans le ciel, son fidèle faucon veillait. Sa monture, cadeau de son père pour ses vingt ans, était la plus rapide du royaume et il fut rendu au puits en un battement de cils.

Le Très Haut voulut qu'un serpent, venu également s'abreuver, fût dérangé par les sabots du cheval. L'animal, effrayé par l'éclat des écailles, se cabra. Désarçonné, Hassan bascula en arrière, et avant même qu'il eût crié, fut avalé par la bouche ténébreuse du puits. Il tournoya, pirouetta, tourneboula et virevolta encore et encore, tant et si bien qu'il finit par atterrir sur un parterre de galets froids. Autour de lui, les ténèbres étaient profondes et muettes, et l'air, aussi épais qu'immobile, semblait chargé de menaces. Il se releva, tout courbatu. Son pied déplaça un caillou et le bruit se répercuta sur les parois invisibles de la caverne pour lui revenir en multiples échos. Là-haut, l'ouverture du puits, comme suspendue dans le néant, n'était pas plus grosse qu'une étoile. Seule issue possible, elle lui était désormais inaccessible. Accablé, le prince se laissa choir sur un rocher.

- Par quel malheur ai-je échoué ici ? se lamenta-t-il. Dieu seul sait où il m'a précipité, qui donc viendra me sortir de là ?

Et ses mots revinrent à ses oreilles, affreusement multipliés.

Devant lui s'étendait un lac. Sa surface, lisse et noire, l'appelait. Elle l'attirait irrésistiblement, si bien que Hassan finit par s'y pencher. Dans ce miroir sans fond se refléta un visage. À son grand étonnement, ce n'était pas le sien. Il lui était parfaitement inconnu. Ses traits étaient nobles mais leur beauté toute différente. Sa peau était plus sombre et ses yeux, au lieu d'être d'un noir de jais, reflétaient l'azur des mers.

Face à cet étranger qui le dévisageait, une terreur sans nom le submergea…

Hassan hurlait encore lorsqu'il se réveilla.

La lumière de l'aube filtrait à travers les rideaux de sa chambre. Il écarta les draps soyeux qui recouvraient son corps nu, puis posa ses pieds sur le sol aux incrustations d'ivoire. Une onde fraîche et apaisante remonta le long de ses jambes, frôla son sexe endormi, caressa son torse et enveloppa ses épaules vigoureuses. Il sortit sur le balcon et posa les yeux sur le monde. Les coupoles et les minarets vermeils de la cité se diluaient dans la vapeur iodée qu'exhalait l'océan. Il gonfla ses poumons et ferma les yeux pour profiter du chant des oiseaux marins. Il laissa son beau visage accueillir avec reconnaissance les premiers rayons du soleil et une douce chaleur envahit ses joues cuivrées.

Il fallut tout cela pour que Hassan en oublie son rêve ténébreux, mais lui revint alors la raison pour laquelle Dieu lui avait offert la grâce de cette nouvelle aube : il allait ce jour épouser la princesse Nour.

Les poètes avaient beau chanter sa beauté des rives du Nil à celles de l'Euphrate et même par-delà les montagnes de l'Elbourz, le prince Hassan n'en fut pas moins subjugué lorsque Nour se présenta devant lui. Elle portait une robe de soie qui épousait les courbes divines de son corps. La jeune fille semblait attirer à elle toute la lumière qui l'entourait, et les rubis qui sertissaient son front pâlissaient eux-mêmes devant l'éclat de son visage. Le cœur de Hassan bondit et il tomba sur-le-champ éperdument amoureux.

Les noces furent célébrées avec d'autant plus de liesse qu'elles amenaient une paix que l'on n'espérait plus. On fit battre les tambours, on fit distribuer des robes d'honneur à tous les soldats de tous grades, on couvrit d'or les hauts dignitaires, des aumônes furent prodiguées aux pauvres et aux gueux, et des rivages salés jusqu'aux confins du désert on festoya comme jamais.

Arriva le soir, et les esclaves dévêtirent Nour pour l'introduire dans le lit nuptial. Ainsi révélée, Hassan fut hypnotisé par ses épaules de nacre, ses seins d'ivoire et ses jambes d'albâtre. Devant cette perfection faite femme, il se rappela les vers du poète :

Hautaine, elle me toisait d'un regard magnifique,
Sa taille était plus fine qu'une lance de Sambar.
Les joues teintées de rose, elle parut parée de mille grâces.
Sa mèche tranchait sur son visage
Comme la nuit mêlée à l'aube annonce la volupté.[1]

Brûlant de désir, il l'attira à lui, et elle, émue par toute la grâce qui émanait du prince, s'inclina vers lui comme une branche de saule et se laissa emporter. Cette nuit-là, leurs âmes s'unirent dans un rayon de lune.

Aux nuits succédèrent d'autres nuits, et Nour développa tant de talents que le prince ne put bientôt passer un instant sans qu'il ne la possède et ne jouisse de sa beauté. Et lorsque Nour lui demandait s'il pourrait un jour se lasser d'elle, lui, dévoré de passion, répondait invariablement :

- Ô étoile du soir et du matin, comment une telle idée pourrait naître en moi quand une seule seconde loin de ton éclat me plonge dans

---

[1] Poème issu de la version des "Mille et Une Nuits" établie et traduite par Jamel Eddine Bencheikh et André Miquel.

d'insondables ténèbres ?

Et Nour, rassurée, lui baisait les paupières.

De cet amour naquit un enfant mâle. Dans ses yeux se reflétait l'éternité, et il fut appelé Khalid.

Un soir de printemps, à l'heure des premières étoiles, Hassan fit asseoir Nour à ses côtés et demanda :

- Ô beauté vénérée, raconte-moi donc ton histoire.

- Mon histoire est ici avec toi, répondit Nour.

- Non, insista-t-il. L'histoire de ton enfance.

Hassan vit bien que cela la chagrinait, mais il désirait tout connaître d'elle.

Du haut du balcon, Nour étendit son regard sur la ville et au-delà, vers cette ligne floue entre le ciel et la mer. Puis, comme elle avait en Hassan un amour sans limites, elle accepta.

C'est ainsi qu'elle commença :

- Je suis née très à l'est d'ici, entre Sogdiane et Bactriane, au pied des plus hautes montagnes de ce monde. C'est un pays où l'herbe est grasse et les rivières si poissonneuses que les enfants pêchent à la main.

À ces mots, Hassan se redressa :

- N'es-tu donc point la fille du roi Sabûr ?

- Je suis également la fille du roi Sabûr, répondit Nour, mais si tu veux connaître les détails de cette étrangeté, il te faudra patienter.

Et Hassan patienta.

- Le roi mon père gouvernait déjà ce royaume lointain bien avant ma naissance, reprit Nour. J'étais sa troisième fille. Mes deux sœurs aînées, devenues épouses, avaient quitté le palais alors que je tétais encore le sein de ma nourrice.

Les batailles faisaient rage aux frontières du royaume, obligeant mon père à s'absenter souvent. C'est donc à la reine ma mère que revint la charge de mon éducation.

Il y avait dans le palais une pièce qui m'attirait plus que toutes. Il s'agissait de la bibliothèque. Des centaines de papillons merveilleux y volaient car elle était ouverte sur les jardins. J'adorais leur faire la chasse au milieu des rayons de livres.

Les premières années, ma mère m'éleva avec beaucoup d'affection. Mais un jour, lorsqu'elle me surprit en haut d'un escabeau en train de saisir un des ouvrages de la bibliothèque, son humeur commença à changer. Je ne savais pas lire mais j'aimais tourner ces pages pleines d'enluminures colorées et de signes mystérieux. Lorsque je disais vouloir apprendre la lecture, ma mère répondait qu'il n'y avait rien de bon pour une fillette dans ces sortes de choses, et elle m'arrachait le livre des mains pour me remettre au canevas.

J'avais un jour demandé à mon père ce que renfermaient les livres. Il m'avait répondu qu'ils révélaient les mystères du monde.

- Mère, ne t'es-tu jamais interrogée sur la clarté de la lune, le langage des oiseaux, l'eau des rivières qui descend des sommets au lieu d'y monter ?

À ces questions ma mère répondait toujours :

- Qui es-tu donc pour vouloir comprendre les secrets d'Allah ?

Pourtant, je ne cessais de supplier ma mère de me laisser apprendre la lecture. Et elle, inflexible, refusait.

- Un seul livre est important en ce monde, le Saint Coran. Es-tu imam pour avoir la prétention de vouloir le déchiffrer ?

Plus elle refusait, plus je m'entêtais.

Et plus sa colère grandissait.

Mon père s'en rendait bien compte mais il ne s'en souciait guère, trop occupé à guerroyer. Il faut dire que ma mère était atteinte d'un mal étrange. Son esprit ne cessait d'omettre, d'ajouter ou d'inverser les lettres. Réfractaire à l'apprentissage de la lecture, elle en avait été fort humiliée dans sa jeunesse, et la perspective de voir sa fille la surpasser dans ce domaine blessait son orgueil.

Devant mon entêtement, elle finit par m'enfermer dans la plus haute tour du palais. Mais ce fut peine perdue ; je me mis à refuser toute nourriture tant que ma demande ne fut exaucée.

C'est alors qu'un précepteur se présenta. Quelle ne fut pas ma surprise lorsque j'appris qu'il allait m'enseigner la lecture ! Je sautais au cou de ma mère, toute heureuse qu'elle accède enfin à mon plus vif désir.

La première leçon devait avoir lieu juste avant le coucher. Le précepteur arriva avec le Saint Coran et une cruche. Il me dit :

- Bois cette potion. Elle t'aidera à apprendre.

J'avalai le breuvage alors que le précepteur ouvrait le livre sacré. À l'instant même, je sombrai dans un profond sommeil.

Le matin, à mon réveil, ma mère me demanda comment s'était déroulée ma leçon. En proie à une grande confusion, je fus obligée d'admettre que je ne m'en souvenais pas.

- Ne t'en soucie guère, ma fille, me répondit-elle. Le précepteur est si content de toi qu'il reviendra dès ce soir pour poursuivre ton instruction.

Dans mon impatience, je me rendis à la bibliothèque afin de saisir le premier livre venu. Quel ne fut pas mon effroi en découvrant que tous les ouvrages avaient disparu et qu'au milieu des rayons vides volaient seuls les papillons. À cet instant, ma mère se précipita vers moi, tout éplorée, m'annonçant qu'un sortilège jeté par un terrible sorcier venait de faire disparaître tous les livres du royaume et même au-delà. Je me sentis défaillir à l'idée que toutes ces connaissances se soient perdues à jamais. Les jours qui suivirent me plongèrent dans une profonde tristesse.

Puis mon père fut tué sur le champ de bataille, et alors que l'armée ennemie s'emparait du château et emprisonnait ma mère, je fus sauvée par l'ambassadeur du roi Sabûr qui me dissimula dans ses bagages et me ramena dans son pays. Je fus ainsi présentée au souverain. Je n'avais que huit ans. Comme celui-ci souffrait de n'avoir jamais eu d'enfants, il remercia le Très Haut de son si précieux présent et m'adopta sur-le-champ comme sa propre fille.

La nuit était bien avancée lorsque Nour termina son récit. À la fois ému et intrigué, Hassan attira à lui un livre qui gisait au coin du tapis. Il le présenta à Nour. Il fut alors stupéfait de découvrir que l'objet qu'il tenait entre les mains restait invisible aux yeux de son aimée, aussi invisible que les ouvrages de la bibliothèque de son enfance. Il comprit alors toute l'ampleur de la machination fomentée par la mère de Nour. Mais il garda cela pour lui, attendant de trouver le moyen de libérer son épouse du sortilège jeté par le faux précepteur.

Nour était désormais une épouse aimée et une mère aimante. Pourtant, sa mutinerie enfantine ne l'avait point quittée. Elle prit l'habitude de voiler son visage pour s'échapper du palais et s'enfoncer dans la ville. À ses yeux, le monde était immense, le passé secret, l'avenir confus. Son esprit fugace demandait des réponses. Dans le grouillement des foules se côtoyaient tendresse et rudesse, rires et lamentations, offrandes et larcins, richesse et misère, et ainsi entourée par la beauté et la laideur, les odeurs fétides et les parfums merveilleux, les cris orduriers et les chants des enfants, elle apprenait peu à peu ce qui régissait le vaste monde.

La curiosité la poussait chaque jour plus loin, si bien qu'elle finit par arriver aux bas quartiers du port. Les gens y étaient plus besogneux bien que leurs maisons fussent plus étroites, les nécessiteux plus nombreux mais plus affables, les enfants plus gueux mais formidablement joyeux. Les ruelles descendaient et montaient, les escaliers et les passages fourmillaient. Tout était si étroit qu'elle ne parvenait plus à distinguer les hautes tours du palais et finit par se perdre. Elle n'eut alors d'autre choix que de devoir demander son chemin. Elle aperçut un jeune homme assis sur un muret qui dominait la mer. Ses habits usés n'ôtaient rien à sa remarquable beauté. Ses cheveux sombres étaient noués en une longue natte qui serpentait sur son large dos bruni par le soleil.

Nour fut étonnée de le voir absorbé par les paumes de ses mains. Elles reposaient sur ses cuisses, tournées vers son visage et il les scrutait avec une grande attention. Il y avait là quelque chose d'incongru qu'elle ne saisissait pas. En vérité, Nour était incapable de distinguer le livre qu'il tenait entre les mains.

Le jeune homme avait sans doute senti sa présence car il leva les yeux sur elle. Ils étaient d'un bleu profond et si dénués de malveillance que toute la crainte de Nour se dissipa aussitôt.

- Bonjour, dit-elle en prenant soin de voiler son visage. Qu'y a-t-il donc au creux de tes mains qui accapare tant ton esprit ?

Le jeune homme, qui ne distinguait de Nour que les yeux, se mit à chanter :

Les secrets de l'univers tels qu'ils sont dans mon livre
Je ne peux les divulguer, sinon je risquerais ma vie !
Comme nul n'est digne de confiance, parmi ces ignorants
Je ne pourrais jamais dire ce que je cache dans mon cœur.[2]

Nour trouva ces vers très beaux, mais qu'elle fût

---

[2] Robayat d'Omar Khayyâm, poète perse du XIème siècle.

prise pour une ignorante la blessa.

Elle dit :

- Les femmes n'ont donc aucune valeur à tes yeux ?

- Elles ont tout autant de valeur que les hommes, mais ne voyant que tes yeux, comment savoir si tes oreilles sont dignes d'entendre les poèmes de ce livre ?

Nour ne pouvait se déparer de son voile au risque d'être reconnue. Elle était sur le point de se détourner de l'arrogant jeune homme lorsque celui-ci plongea à nouveau les yeux dans ses paumes ouvertes et chanta :

Ivre du vin des nuages, soit ! Je le suis !
Amoureux, libertin, idolâtre, soit ! Je le suis !
Chacun se fait une idée sur mon compte,
Mais moi seul sais ce que je suis ! [3]

Nour trouva ces vers très beaux, mais l'aplomb du jeune homme la déconcertait. Elle dit :

- Est-ce l'infini de la mer qui t'enivre au point de croire que tu n'as aucun compte à rendre aux hommes ?

En réponse, il observa ses mains ouvertes et chanta :

Si on embellit le monde pour toi,
Ne te laisse pas attirer, car les sages ne le sont pas !

---

[3] Omar Khayyâm.

Nombreux sont ceux qui viennent et vont comme toi,
Arrache ta part, avant qu'on ne s'empare de toi ! [4]

Son sourire la désarma. Décidément, ce jeune homme la troublait. Son esprit était vif comme l'écume et libre comme le vent.
- Qui est donc ce poète dont tu chantes les vers ?
- Un Perse nommé Khayyâm.
- Et toi, qui es-tu, demanda-t-elle encore.
- Un simple pêcheur.
- Les pêcheurs n'ont-ils point de nom ?
- On m'appelle Tayeb, répondit-il. Et le tien ?
- Azadeh, mentit la princesse, cachée sous son voile.

---

[4] Omar Khayyâm.

Arriva le jour où Dieu décida de rappeler à Lui le roi Abd al-Bassir. Le royaume fut plongé dans le deuil. Sa dépouille, portée sur les épaules de ceux qui l'aimaient et accompagnée par le chant du rabâb[5], était suivie par une foule immense et silencieuse, sans distinction de race ou de religion tant ce roi avait été bienveillant et tolérant. La nuit fut emplie de prières et il ne fut aucune fenêtre sans la lueur d'une bougie, aucun balcon sans lumignon, tant et si bien que la ville entière semblait être le parfait reflet de la voûte céleste.

Afin de chasser le chagrin qui alourdissait son cœur, Hassan se réfugia dans les vers de Saadi :

Je connais la souffrance des orphelins,
Car l'ombre de mon père s'éloigna de ma tête,
C'était aux côtés de mon père seul,
Que j'avais la tête couronnée.[6]

Il alla ensuite contempler le tendre visage de son fils Khalid puis se perdit dans les bras de Nour. Au matin, réconforté par tant d'amour, il monta

---

[5] Rabâb : instrument à cordes originaire de Perse.

[6] Vers issus du Golestân, chef d'œuvre poétique en prose - XIIIème siècle.

sur le trône et ôta du trésor royal le sceau de son père pour y mettre le sien.

Hassan avait un caractère juste et bienveillant et il sut très vite se faire aimer de son peuple. En digne successeur de son père, il multiplia les voies commerciales et fortifia la paix avec les royaumes voisins.

Un jour qu'il suivait de son balcon le ballet majestueux de son fidèle faucon, il le vit soudain fondre sur la ville et disparaître au milieu des toits. On lui rapporta alors que le rapace s'était posé sur l'épaule d'un homme qui, suite au jugement du défunt roi son père, s'apprêtait à être lapidé. Voyant dans l'intervention de l'oiseau royal un signe du Très Haut, personne n'avait osé jeter les pierres brandies, et l'homme fut de nouveau amené devant le trône.

Hassan observa avec circonspection le miraculé. Celui-ci s'était prosterné, le front contre le sol. Ne sachant trop quoi faire de lui, Hassan demanda conseil au vizir.

Celui-ci dit alors :

- Sire, il semblerait qu'à travers votre faucon, Dieu ait voulu arrêter la main de la justice des Hommes. Un tel signe ne peut être ignoré et vous devez lui laisser la vie sauve. Respectant cela, libre à vous de faire de lui ce que bon vous semblera.

Le miraculé releva la tête et Hassan rencontra son regard. Quel ne fut pas son émoi lorsqu'il reconnut le visage qui, bien des nuits plus tôt, avait hanté son rêve, ce même visage qui s'était reflété à la place du sien sur la surface du lac ténébreux au puits de Khalam.

Décidé à lever le voile sur ce mystère, Hassan ordonna qu'on lui ôte ses liens, qu'on le lave et qu'on l'habille, puis qu'on l'introduise dans ses appartements.

L'homme fut lavé et habillé puis introduit dans la chambre du roi.

Hassan lui demanda alors :

- Qui es-tu, toi dont le Très Haut a voulu que ta vie soit épargnée ?

Le prisonnier le fixa de ses yeux bleus et répondit :

- Je suis Tayeb, fils de Hikmat, de la corporation des pêcheurs, Sire.

- Mais encore ? dit Hassan. D'où viens-tu ?

- À vous, ô Roi, je ne peux rien cacher.

- Dans ce cas, conte-moi donc ton histoire.

- Cela risque d'être long, Sire, et certains détails pourraient bien vous importuner.

- J'en serai seul juge, répondit Hassan en s'installant dans ses coussins. Parle !

Devant l'insistance du roi, Tayeb ne put que s'agenouiller devant lui.

Il commença ainsi :

- Mon père me découvrit sur la poitrine apaisée de ma mère, et son bonheur fut tel qu'il en oublia la Marée Sacrée. Car ma naissance coïncidait avec cet événement rare qui faisait s'échouer sur les rives de la cité plus de poissons qu'en une année.

C'était un jour festif, béni, qu'il n'avait connu lui-même qu'une seule fois dans sa vie. Le fait qu'un fils lui fût amené ce jour-là revêtait un caractère encore plus sacré, et pour remercier la générosité du Très Haut, il décida de m'appeler Tayeb.

- On m'a conté ce jour étrange, dit Hassan, troublé, car en ce temps je n'avais moi-même pas encore atteint ma première année. Mais continue, lui intima le roi.

- Je grandis dans le quartier des pêcheurs, tout au sud de la ville. Chaque matin, j'avais coutume d'aller au débarcadère afin d'aider mon père à vider ses nasses et replier ses filets, et chaque matin, je contemplais l'azur immense de la Grande Mer. Attendant impatiemment l'âge d'y voguer à mon tour, j'allais me perdre dans les souks qui regorgeaient de myrrhe, de coraux et de perles, débordaient d'étoffes, de teintures et de céramiques. Les encens raffinés du Dhofar se mêlaient aux effluves entêtants de l'ambre et du santal pour embaumer les cours et les ruelles montantes. Je volais sur les étals quelques figues juteuses de la lointaine Palmyre que je savourais au milieu des nobles familles venues acheter les tapis de Qom et les turquoises du Khorasan.

Un vieillard vêtu de guenilles, qui un jour m'aperçut dérober quelques fruits, m'interpella :

- La saveur de ces figues ne serait-elle pas plus agréable à ton palais si tu les méritais ?

Pris sur le fait, je m'apprêtais à détaler, mais le vieillard m'adressa un sourire bienveillant et me fit signe d'approcher. Il désigna les fruits que je dissimulais.

- Je n'ai pas plus d'argent que toi mais je dois bien reconnaître que ces figues font saliver. L'une d'elles contre une histoire, cela te convient-il ?

Sans hésiter je lui en offris une, plus pour apaiser ma conscience que pour me laisser conter quelque récit obscur. Mais contre toute attente, son histoire m'illumina. Elle parlait d'un marin héroïque qui croisait des îles envoûtées et se battait contre des sirènes et des géants cannibales.

Le vieux mendiant, originaire d'une lointaine cité nommée Athènes, s'avéra être fort érudit. Il allait de royaume en royaume, récitant des histoires et des poèmes à qui voulait bien l'entendre en échange de quelques piécettes ou d'un peu de nourriture. Lorsque je lui demandai d'où lui venait toute cette connaissance, il me montra l'intérieur de sa besace. Elle était emplie de livres.

Je lui dis :

- Lire n'est pas pour les pêcheurs.

- Ai-je l'air d'être moi-même un riche négociant ou un prince ? fit remarquer l'ermite en fixant Tayeb de ses yeux transparents. Les mondes que je te décris sont à ta portée puisque ton esprit aime y pénétrer. L'âme des livres s'offre à celui qui le demande. Toi, le souhaiterais-tu ?

Je dus bien reconnaître que l'idée de découvrir toutes les aventures de cet intrépide marin me tentait.

Nous conclûmes un pacte : j'apportais chaque jour au mendiant deux poissons prélevés dans les nasses de mon père, et lui m'enseignait la lecture. Je fis donc la connaissance de ce marin héroïque qui s'appelait Odysseus[7], et lorsque son long périple toucha à sa fin, mon apprentissage fut terminé.

Une douce matinée d'hiver amena deux nouvelles âmes dans la ruelle que j'habitais. Un homme et un enfant, originaires d'un bourg du delta de l'Indusi. Ghanem cultivait et vendait du raphia qui servait à la fabrication des nasses. Pour mieux accroître sa fortune, il avait décidé de venir commercer avec la prestigieuse confrérie des mariniers de la capitale. Son neveu Jafar l'accompagnait pour apprendre à son tour l'art de la vannerie.

Intrigué par le petit poignard que le garçon portait à sa ceinture, je le questionnais.

- C'est pour tuer les crocodiles, répondit crânement Jafar. Chez moi, ils sont aussi gros que les éléphants !

Espiègle, rieur et roublard, Jafar était tout l'opposé de moi, rêveur et pondéré. Mais comme l'abeille a besoin de la fleur et la fleur de l'abeille, nous fûmes très vite inséparables.

Comme l'aube commençait à chasser la nuit, Tayeb dut interrompre son récit. Au matin, le roi

---

[7] Odysseus : nom grec d'Ulysse.

gagna la salle du gouvernement et tint conseil toute la journée. Au soir, il revint dans ses appartements et demanda à Tayeb de continuer son récit.

Ce qu'il fit :

- Habituellement, le doux visage de ma mère m'accueillait au réveil, mais ce matin-là, jour de ma dixième année, c'est la face burinée de mon père qui me souriait. Je devinai qu'était enfin arrivée l'heure de mon premier voyage en mer. Mon cœur s'emplit d'une joie sans nom, car j'allais enfin découvrir ce monde qui me tendait les bras depuis si longtemps.

Je dévalai déjà la ruelle et m'élançai au-dessus du bastingage, prêt à affronter la houle de la Grande Mer pour respirer la liberté salée de son azur sans fin, et soudain me figeai.

Jafar !

Je sautai à terre, et avant que mon père n'ait pu proférer une seule parole, je courais déjà au milieu des souks. Je m'enfonçai entre les étals de poissons, foulai du pied la volaille apeurée, bousculai les passants en laissant derrière moi jurons, insultes et aboiements. Je remontai la rue des forgerons, coupai à travers le marché aux perles, descendis quatre à quatre les marches qui menaient à la halle aux vanneries, fis vaciller les entassements de corbeilles, et finis par attraper la main de Jafar, l'arrachant à ses obligations sous l'œil médusé de l'oncle Ghanem qui n'avait plus qu'à méditer sur la terrible punition qu'il infligerait à son neveu. Mais Jafar était prêt à tout endurer pour un voyage sur la vaste mer.

La voile hissée, l'esquif pointa vers le large. Jafar chevaucha la proue pour observer le sillage des poissons volants. Quant à moi, j'aidai à dérouler les filets.

Ce n'est que lorsque mon père jugea bon l'emplacement et qu'il ramena la voile, que je découvris la véritable beauté de votre royaume, Sire. Le bateau se trouvait à quatre milles au large et mon regard embrassait la terre entière. Droit devant, les façades de la cité écrasée de soleil s'étiraient tel un liseré vermeil, égayé de dômes et de minarets, qui s'élevait avec audace jusqu'au promontoire royal. Celui-ci avançait sur la mer telle l'étrave d'un navire géant. L'écume assaillait sa gigantesque base pourpre, alors qu'à son sommet se dressait votre palais, foisonnante construction d'arches et de tours éclatantes. Sur la plus haute d'entre elles brillait une formidable lumière, visible même en plein jour et qui, par intervalles réguliers, balayait l'horizon pour guider les navires du monde.

À l'est ondulaient les dunes blanches du Sindar jusqu'aux cités lointaines, chapelets ocre sur horizon doré. À l'ouest s'étendait la ligne verdoyante du delta, cultures sorties des dunes blanches par l'eau irriguée de l'Indusi. Au nord, flottant derrière le désert aveuglant, les Hautes Falaises couraient sur l'horizon et s'évaporaient dans le ciel.

- Il nous faudrait un tapis volant pour passer

par-dessus ! m'exclamai-je.

- Autant essayer de faire pousser des ailes à un chameau, répondit Jafar.

- Tu ne crois donc en rien ?

- Je ne crois que ce que je vois.

Ainsi était votre royaume, dit Tayeb au roi Hassan, flottant entre l'outremer liquide et la coupole turquoise du ciel, et qui se perdait à l'Orient et à l'Occident dans les brumes océanes.

À partir de ce jour, la mer fut mon domaine. Quant à Jafar, il profitait des voyages répétés de son oncle pour abandonner son labeur et participer à la pêche. Ces moments furent sans doute les plus beaux de notre enfance. Dérivant sur la houle, nous échafaudions l'avenir : tel Odysseus, je partais explorer les terres inconnues, et Jafar m'accompagnait pour commercer avec les peuples rencontrés. Nos yeux d'enfants voyaient des mondes de richesses et d'aventures, des îles fabuleuses recouvertes de forêts aux fruits géants, des contrées habitées de génies et de féroces créatures, et nos exploits nous amenaient à côtoyer les plus grands dignitaires du monde jusqu'au calife de Bagdad lui-même. Le souffle du Tiboul, à travers voiles, mâts et cordages, participait à nos épopées, jusqu'à ce que le bruit du monde terrestre ne reprenne ses droits au débouché du port et nous rappelle à la réalité de nos modestes vies. Toutefois, nous restions forts de la plus belle des richesses : notre indéfectible amitié.

- L'amitié est une chose sacrée aux yeux de Dieu,

approuva Hassan.

- Certes, répondit Tayeb. Mais elle peut aussi être source de grande souffrance.

Piqué par la curiosité, Hassan laissa Tayeb continuer son récit.

- Les années passèrent. Atteinte par les fièvres, ma mère fut rappelée par le Tout-Puissant, et mon père et moi la pleurâmes bien des jours. Puis arriva le temps redouté de prendre les armes pour aller défendre les frontières du Tarkum. Mais c'était sans compter sur la miséricorde du Très Haut, car l'annonce de vos noces avec la princesse Nour ramena la paix avec le royaume de Sabûr et le cours de notre destin fut changé à jamais. Sans doute vous rappelez-vous, Auguste souverain, du jour où le Tiboul soufflait en grosses rafales et que toute activité de pêche était suspendue ?

- Je m'en souviens très bien, répondit Hassan. Tout était plongé dans une opacité laiteuse. La mer était couverte d'écumes fumantes alors qu'autour de la ville, le désert se diluait en trombes violentes et blanchissait le ciel. Que t'advint-il donc ce jour-là ?

- En découvrant ma couche vide, mon père Hikmat en fut fort ému ; voilà vingt ans qu'il m'avait vu naître et ma virilité s'affirmait. Une fierté toute paternelle le submergea et son cœur s'emplit de joie à l'idée qu'une présence féminine vienne bientôt refleurir le foyer.

Mais pour moi, rien n'était comparable à la nudité musquée de Jafar. Je le serrais contre moi, et cette matinée chargée de senteurs d'iode exaltait nos sens. Traversant les arabesques de la fenêtre, le souffle tiède et impétueux du Tiboul s'invitait au festin. L'union sacrée de la mer et du vent nous bénissait. Le tapis soyeux que l'oncle Ghanem avait acheté à un marchand persan participait au voyage. Sur sa douceur chatoyante, le Divin prenait forme en nous, et nous gravitions au-dessus du monde ; la cité, l'Indusi, le Sindar, les Hautes Falaises et la Grande Mer, tout tourbillonnait dans le vent et se tenait à la fois au creux de nos mains. L'horizon s'ouvrait sur un bonheur infini, et dans la pénombre tumultueuse du monde, je naquis une deuxième fois.

À ces mots, le roi Hassan interrompit Tayeb :

- Ce que tu me contes là est turpitude et n'est pas pour plaire à Dieu.

- Sire, répondit Tayeb, je vous rapporte simplement le récit de mes jours dans toute sa vérité. Puisque par la grâce de l'Unique il m'est permis de le faire parvenir jusqu'à vous, et puisque vous me l'avez demandé, puis-je espérer que, dans votre grandeur, vous m'autorisiez à continuer ?

Ne trouvant rien à redire, et même si cela le rebutait, le souverain acquiesça.

Alors Tayeb reprit :

- Épuisés par une nuit sans sommeil, Jafar et moi nous abandonnâmes au repos sur les ornements fleuris du tapis au milieu desquels virevoltaient fauvettes et rossignols. Jafar murmura à mon oreille :

- Tu avais raison pour les tapis. Ils volent.

L'oncle Ghanem était parti dans le delta pour visiter ses plantations de raphia. Il nous restait encore une journée de liberté à condition que le Tiboul s'acharne à paralyser la pêche jusqu'au lendemain.

Mais voilà que le fracas d'une porte nous tira de nos songes. Quatre gardes firent irruption et pointèrent leurs lances vers nos corps nus. Nous fûmes traînés jusqu'au palais, et c'est enchaînés et à demi nus qu'on nous jeta aux pieds du roi votre père.

À ses côtés se trouvait l'uléma. Gardien de la morale religieuse après le souverain, celui-ci avait toute autorité pour désigner les transgresseurs des lois divines. De ce fait, notre sort n'avait rien d'enviable ; la loi exigeait que notre acte soit condamné à mort par lapidation. Mais le destin voulut que le vizir accourût à l'annonce de notre arrestation. Fut-ce de la pitié ou de la compassion, ou qu'il fut simplement habitué à s'opposer à l'uléma, il décida de tout mettre en œuvre pour atténuer une telle sentence.

Le vizir, donc, se tourna vers l'uléma.

- Votre autorité religieuse outrepasserait-elle mon pouvoir judiciaire pour décider par vous-même d'arrêter quiconque en ce royaume ?

- Ce sont deux sodomites, se défendit l'uléma. Ils doivent être condamnés à mort.

- Certes, répliqua vertement le vizir. Mais faire appliquer une sentence n'est pas de votre compétence.

L'uléma jeta au vizir un regard de travers. Qu'un ministre, fut-il le premier de l'État, vienne lui en redire sur un délit de morale publique, l'offusquait. Il répliqua :

- Il est pourtant facile de voir la sagesse derrière chaque interdiction du Tout-Puissant. Les prohibitions existent pour préserver la morale.

- Mais de quelle prohibition parlez-vous ? demanda le vizir sans se démonter.

Indigné par tant d'arrogance, l'uléma jugea opportun de lui infliger une bonne leçon coranique. Il déclama :

Vous livrez-vous à cette turpitude que nul, parmi les mondes, n'a commise avant vous ?
Certes vous assouvissez vos désirs charnels avec les hommes au lieu des femmes ! Vous êtes bien un peuple outrancier ! [8]

Le vizir leva les yeux au ciel :

- La destruction par les anges du peuple de Loth. Voilà tout ce que vous avez trouvé pour ôter la vie à ces deux garçons ?

- Remettriez-vous en cause le Saint Coran ? demanda l'uléma, offensé.

- En aucune façon, répliqua le vizir. Et que le Très Haut me foudroie sur-le-champ s'il considère que je Lui manque de respect !

---

[8] Coran - Sourate VII, 80-81

Non sans ironie, et pour donner tout son sens à ses paroles, le vizir suspendit sa voix et leva les yeux vers le ciel dans l'attente de la sanction divine. Mais comme les cieux restaient d'une pureté immaculée, l'uléma s'empourpra.

Amusé par cette joute inattendue, le roi décida toutefois d'intervenir en faveur du religieux :

- Dieu a fait tomber une pluie de pierres sulfureuses sur le peuple de Loth. C'est pourquoi les sodomites doivent être lapidés. Il en a toujours été ainsi.

Rasséréné par les paroles du roi, l'uléma adressa au vizir un regard triomphant.

Le vizir connaissait les débats incessants des théologiens autour des relations sexuelles entre hommes. Depuis des siècles, les arguments s'opposaient sur le fait de savoir si cet acte était une apostasie tombant sous le coup d'une sanction divine, ou une simple insoumission condamnable à une peine discrétionnaire. Il aurait pu se lancer dans l'interprétation des sourates et des hadiths [9] tout en sachant que l'uléma trouverait toujours un argument à lui opposer. Il aurait pu exposer des faits révélés ou encore des exemples de jurisprudence, mais il ne voulait pas non plus montrer un acharnement qui aurait pu être mal interprété et le mettre lui-même dans une situation

---

[9] Hadith : communication orale du prophète Mahomet. Par extension, recueil regroupant les principes de gouvernance personnelle et collective pour les Musulmans, que l'on désigne généralement sous le nom de "tradition du Prophète".

inconfortable. En tant que vizir, l'injustice lui était simplement odieuse et faire condamner un homme à mort devait toujours être justifié de façon implacable. Ce qui n'était pas le cas des relations sexuelles entre hommes puisque le débat sévissait depuis l'époque du Prophète lui-même. Il décida donc d'attaquer sur un tout autre registre. Il se courba devant le roi et dit :

- Sire, je ne remets pas en cause l'interprétation des sourates qui décrivent les forfaits du peuple de Loth. Toutefois, je voudrais attirer votre attention sur la doctrine d'Abd'l Rahmân al-Sulami.

La surprise de l'uléma fut telle qu'elle lui cloua les mâchoires.

- Qui est-il ? demanda le roi.

- Le guide d'un ordre qui développa une doctrine fort singulière. Il s'attache à poursuivre le but unique de préserver la sincérité et l'intimité de sa relation à Dieu, toujours malmenée par les relations humaines. Certains adeptes choisissent de se retirer du monde en s'imposant une sobriété absolue afin d'examiner les maladies de l'âme. D'autres décident la voie opposée qui consiste à vivre pleinement leurs velléités, transgressant les normes établies et s'attirant ainsi le blâme des hommes. Ils n'apparaissent plus alors comme des saints, mais comme des imposteurs ou des êtres sataniques.

- Vous voulez me faire croire que ces deux garçons sont de ces hommes du blâme qui dans la turpitude cherchent à devenir des saints ? grinça l'uléma.

- *"Ton pire ennemi est l'âme que tu portes entre tes flancs"* a dit le Prophète. Me contrediriez-vous sur ce point ? demanda le vizir.

Sombre, l'uléma resta coi.

Le vizir continua :

- Pour les Mâlamatis, l'âme humaine, dans son état de conscience ordinaire, est un mal absolu qu'il faut combattre. Cette lucidité les pousse à connaître à la fois leur âme charnelle et Satan afin de déjouer les pièges tendus par lui. Pourquoi ces deux garçons ne seraient-ils pas sur cette recherche de purification ?

- Un simple pêcheur et un pauvre vannier du delta ? se gaussa l'uléma.

- Dieu n'a-t-Il pas façonné chaque homme avec une âme ? interrogea le vizir. Accorder son état intérieur à sa conduite extérieure peut paraître choquant, certes, mais convenons que cette sincérité à l'égard de soi-même mais aussi d'autrui, demande un courage qui impose le respect.

Ne trouvant rien à redire, l'uléma bouillait de rage. Quant à Abd al-Bassir, il soupesa les propos du vizir en caressant sa barbe.

Face contre terre, Jafar et moi assistions à ce combat théologique dans l'impuissance et le doute. Mais ce dont nous étions sûrs, c'est que notre destin nous avait définitivement échappé.

- Certes la sodomie est un acte illicite au regard des textes sacrés, continua le vizir. Mais le Coran ne cesse également de répéter que la vie est une épreuve jusqu'à notre rencontre avec Lui. Au jour de la résurrection, Dieu nous demandera des comptes sur nos actions en ce monde, et nous serons alors à la merci de Son jugement. Condamner à mort par nous-mêmes les actes sodomites consentis, sans connaître la véritable motivation de ceux qui les pratiquent, est donc un outrage à Dieu Lui-même.

- Mais ils L'ont offensé ! lança l'uléma.

- Que vous importe ! riposta le vizir. Cela ne relève pas de votre juridiction. Nous savons que les textes sacrés peuvent toujours être utilisés de manière opportune dans le but de condamner tel ou tel acte. Voulez-vous faire preuve à votre tour de transgression en abusant de votre pouvoir ?

L'argument porta, et l'uléma fut terrassé par l'aplomb de son adversaire.

Un silence gêné succéda à l'altercation. Depuis un moment, un rossignol chantait sous une fenêtre, bien éloigné de toutes ces préoccupations humaines.

Enfin, le roi Abd al-Bassir prit la parole :

- Il me faut donc choisir entre une condamnation à mort et un acquittement, car à tes yeux, suivant leur motivation, ils seraient coupables ou innocents, n'est-ce pas vizir ?

- Ne sachant s'ils sont adeptes de la doctrine de Ibn Maymûn, je ne peux véritablement me prononcer, Sire. Il était avant tout de mon devoir de vous aviser, et je m'effacerai devant la nature de votre jugement.

Abd al-Bassir fut donc contraint de prendre lui-même une décision. Notre sort était désormais suspendu à ses seules lèvres. Il se tourna alors vers nous et demanda :

- Êtes-vous adeptes de la doctrine des Mâlamatis ?

Je ne connaissais pas cet ordre religieux. Toutefois, ce que je venais d'entendre de cette philosophie résonnait en moi avec une certaine harmonie. Sans oser lever les yeux, je répondis :

- Dieu m'a fait comme je suis, Sire. Et je l'accepte humblement. De mon âme imparfaite, je ne montre rien de bien et ne cache rien de mal. Ce chemin, même s'il est blâmable aux yeux de certains, me rapproche chaque jour un peu plus de Lui.

Le visage du vizir s'illumina. Celui de l'uléma devint livide.

Tout en écoutant le récit de Tayeb, Hassan réfléchissait. Il connaissait assez bien son père pour savoir que dans son for intérieur, et parce qu'il avait toujours apprécié les esprits brillants et audacieux, il avait été séduit par l'argumentation de son vizir. Mais parce qu'il était également désigné par le Tout-Puissant pour régner sur ses sujets, il ne pouvait nier le jugement de l'uléma.

Tayeb continua :

- Votre père était tout à son dilemme lorsqu'il fut soudain tiré de sa réflexion par le rossignol qui, non content d'avoir jusque-là perturbé la discussion, fit irruption dans la salle. Il alla se percher sous les voûtes du plafond et s'ébroua.

Une plume aussi légère que l'air s'échappa de son ventre et se mit à tournoyer. À cette vue, le visage du souverain s'éclaira.

- Je vais pouvoir vous contenter tous les deux, déclara-t-il à ses interlocuteurs. Le jugement des hommes sera guidé par la main de Dieu.

Perplexes, uléma et vizir levèrent les yeux vers la plume qui virevoltait au-dessus de nous.

- Cette plume choisira celui qui mourra.
- Et l'autre ? demanda le vizir.
- L'autre sera épargné.
- Épargné ? s'étrangla l'uléma.
- Épargné ne veut pas dire libre, précisa le roi.

Alors que les hommes devisaient, le Très Haut fit son choix ; telle le doigt glacé de la mort, la plume vint caresser ma nuque.

Désespéré, Hikmat se rendit chez Ghanem, l'oncle de Jafar, et le supplia de l'aider à libérer les deux garçons.

- Sauve ton fils de la mort si tu veux, répondit Ghanem. Quant à mon neveu, je ne lèverai pas le petit doigt pour lui éviter les mines du Tarkum.

- Comment peux-tu dire cela ? répliqua Hikmat. Jafar est le fils de ton frère. Il est ton propre sang !

- Jafar a déshonoré sa famille. Je ne le reconnais plus.

Hikmat avait beau comprendre le sentiment du marchand, il ne pouvait l'accepter.

- Alors je les sauverai tous les deux ! s'emporta le père de Tayeb. Et ils fuiront, loin d'ici.

Ghanem dévisagea Hikmat, interpellé par sa conviction inébranlable. Il se mit à réfléchir en se grattant la barbe. Fébrile, Hikmat attendait une aide, une idée, un miracle. Enfin, le marchand se retourna. Son visage s'était radouci. Il transigea :

- Je veux bien tenter quelque chose pour sauver nos enfants. Mais Jafar m'a déçu, je ne veux plus le voir.

- Soit, répondit Hikmat.

- J'ai entendu dire que les gardiens des geôles sont facilement corruptibles. Mais cela risque de coûter cher.

- Je sacrifierai tout ce que je possède, répondit Hikmat, dussé-je y laisser ma vie.

- Dans ce cas, ramène-moi douze sequins d'or, dit Ghanem, et laisse-moi faire.

Sans hésiter, Hikmat alla vendre son bateau, ses filets, sa maison. Il ne conserva que les vêtements qu'il avait sur lui. Aux onze sequins qu'il avait rassemblés, il rajouta celui qui constituait toutes ses économies. Il s'en retourna ensuite voir Ghanem et posa les douze sequins d'or sur la table.

Ghanem demanda alors à Hikmat de l'attendre et partit pour la prison. Il en revint deux heures plus tard, l'air satisfait, tenant par la bride trois chevaux. L'un de couleur noire, l'autre alezan, le troisième bai.

- De quoi fuir la ville, expliqua-t-il à Hikmat. Quant aux gardes, le reste de ton argent a eu raison de leur loyauté.

Hikmat baissa les yeux et le marchand reprit :

- Prends ces trois chevaux. Rends-toi aux geôles ce soir à minuit. Aux deux gardes de l'entrée, dis que tu viens voir ton fils. Ils te demanderont « De quelle couleur est ton cheval ? » Tu leur répondras « Noir ». Ils te laisseront entrer dans la cour avec les chevaux. Présente-toi ensuite au gardien de la prison. Il te demandera « De quelle couleur est ton cheval ? » Tu lui répondras « Alezan ». Au soldat en poste au bas de l'escalier qui te demandera « De quelle couleur est ton cheval ? », tu répondras « Bai ». Il ouvrira la grille des geôles et t'accompagnera jusqu'à un couloir. Là, se trouvera le dernier gardien. Je n'avais plus d'argent pour le soudoyer. Tu lui donneras cette flasque de vin. J'y ai versé un puissant somnifère. Après t'avoir conduit aux cellules, je suis convaincu qu'il s'en retournera boire son breuvage sans se faire prier. Dès qu'il sera endormi, prends les clefs qui pendent au mur au-dessus de sa tête et va libérer les garçons.

- Tu es sûr de ne pas vouloir partir avec nous ? demanda le pêcheur.

- Et abandonner tout ce que je possède ? Non, mon ami, je ne suis pas aussi indulgent que toi. Libère Jafar, mais qu'il aille en enfer si cela lui chante.

Minuit arriva, et comme convenu Hikmat se présenta avec les trois chevaux aux portes de la prison. Il annonça aux gardes qu'il venait voir son fils. On lui demanda « Quelle est la couleur de ton cheval ? ». Il répondit « Noir ». Une fois entré dans la cour, il fut reçu par le gardien de la prison qui lui demanda « De quelle couleur est ton cheval ? » Hikmat répondit « Alezan », et il laissa les chevaux devant la porte. Il descendit alors au bas de l'escalier, et à la troisième question il répondit « Bai ». Alors, les portes des geôles s'ouvrirent. Il fut accueilli par une brute à la mine patibulaire qui lui demanda avec autorité la raison de sa présence.

- Je viens voir mon fils, répondit Hikmat sans se démonter. Il s'appelle Tayeb.

- Le sodomite ? Qu'as-tu donc fait à Dieu pour

mériter un rejeton pareil ?

Hikmat ne dit mot et se contenta de tendre au geôlier la flasque de vin. Celui-ci maugréa, ce qui ne l'empêcha nullement de s'en saisir. Pendant qu'il la posait sans ménagement au pied de son tabouret, Hikmat eut le temps de distinguer le trousseau de clés qui pendait au mur juste derrière le molosse. Tout en bougonnant, il conduisit Hikmat à travers un couloir humide et nauséabond. Un seul flambeau éclairait une rangée de portes rouillées, toutes identiques. Ils s'arrêtèrent à la dernière.

Le gardien gronda :

- Fais vite ! Je n'ai pas envie de veiller jusqu'à l'aube !

Hikmat attendit avec anxiété que la brute rejoigne l'autre extrémité du couloir, qu'il s'affale sur son siège et agrippe la flasque de vin. Soulagé, il fit glisser le portillon de la petite lucarne. Il chercha son fils du regard, mais à l'intérieur de la cellule régnait une profonde obscurité. Il appela faiblement :

- Tayeb ?

- Père ! répondit une voix ténue.

Le visage de Tayeb apparut dans le petit rectangle de la lucarne. Il avait les yeux rouges et gonflés. Hikmat sentit sa gorge se nouer ; à la peur se mêlait désormais le chagrin. Les mots ne sortaient pas.

- Père, me pardonnerez-vous un jour ?

Hikmat jeta un œil au geôlier qui ingurgitait le breuvage à grosses gorgées. Il se reprit :

- Où est Jafar ?

Tayeb désigna du menton la porte voisine. Le gardien rota. Hikmat s'approcha un peu plus du visage de son fils et chuchota :

- Je suis venu vous sauver, toi et Jafar.
- Que dites-vous ?
- Tais-toi et écoute-moi. Les gardiens ont été soudoyés, sauf celui du fond qui ne devrait pas tarder à s'endormir.

Du coin de l'œil, il aperçut le molosse qui dodelinait de la tête.

- Trois chevaux nous attendent dehors, achetés par Ghanem, l'oncle de Jafar.
- Ghanem ? s'écria Tayeb. Mais…
- Baisse la voix ! coupa Hikmat, effrayé.

Il se tourna vers le gardien. Celui-ci s'était mis à ronfler.

- Mais père, c'est Ghanem qui nous a trahis !
- Que dis-tu ? hoqueta soudain Hikmat.
- Après avoir écourté son voyage à Ahoudine, il nous a découverts endormis et a lui-même averti les gardes ! Il a monnayé une récompense auprès de l'uléma, prétextant que sa fidélité aux préceptes du Saint Coran valait bien cinq sequins d'or !

Un frisson glacé vrilla l'échine de Hikmat. Il se rendit soudain compte que le geôlier ne ronflait plus. Au bout du couloir, le tabouret était vide. Il sentit un mouvement derrière lui. L'éclat d'une lame attira son regard. À l'instant où il se retourna, une douleur terrible lui traversa la poitrine. Pétrifié, Hikmat découvrit le poignard enfoncé dans son cœur. Les yeux globuleux du molosse se plantèrent dans les siens, alors qu'un rictus mauvais lui barrait le visage.

- Père ! hurla Tayeb qui tambourinait sur la porte.

Hikmat chancela. Plus encore que le goût du sang dans la bouche, l'haleine avinée de la brute lui souleva le cœur. Il eut encore la force de se retourner. Il voulait contempler une dernière fois son fils, emporter avec lui l'ultime image de son beau regard bleu. Puis il lui adressa un sourire. Un sourire pour l'aider à surmonter les épreuves à venir. Mais c'était aussi un sourire d'une infinie tristesse.

Dans un dernier souffle, il murmura :
- Fils…

Et il bascula dans les ténèbres.

Au seuil de la troisième nuit, Tayeb s'agenouilla devant le roi pour reprendre son récit. Il avait décidé de ne pas relater la tentative d'évasion. Il ne voulait pas que le roi puisse avoir une mauvaise opinion de son père. L'image de l'abominable poignard planté dans sa poitrine le hantait, et ce sourire d'amour qu'il lui avait adressé n'avait en rien allégé sa souffrance.

Il commença ainsi :

- Dans la profondeur des cachots, je ne pouvais échapper à la tristesse qui me dévorait, alourdie par ma séparation avec Jafar, car il fut envoyé dans les mines du Tarkum pour y sacrifier le reste de ses jours. Dans l'étau de mon désespoir, je ne trouvais plus aucune raison de vivre et j'attendais avec résolution l'heure de mon exécution. Le lendemain, on m'attacha au pilori devant une foule armée de pierres. Je fermai les yeux, résolu à accepter le châtiment, attendant avec courage ma mise à mort. Mais seul un courant d'air passa sur mon visage. Le grondement de la foule se mua alors en une acclamation de stupeur. Je relevai les paupières et découvris les bras armés de cailloux coupés dans leur élan. Les regards de la foule n'étaient plus dirigés vers moi, mais quelque part au-dessus de mon épaule. Un silence incompréhensible s'abattait désormais sur la place. Malgré la corde qui me coupait le cou, je parvins à lever le regard. C'est alors que je vis le rapace, les ailes à demi déployées pour mieux défier la foule. Au-dessus de sa serre puissante était noué le cordon royal.

C'est ainsi, ô roi, que votre faucon entra dans ma vie et que l'imminence de ma mort fut écartée.

Le temps du récit, Hassan avait eu tout le loisir d'observer le jeune homme. Le front haut, le corps à la fois souple et musculeux, il aurait sans doute pu faire un excellent soldat, à l'image de ceux qu'il aimait lui-même combattre dans la cour du palais. Mais ce qui chez lui le troublait le plus était ce regard obstiné qui ressemblait étrangement à celui de son fidèle faucon. Et Hassan de se questionner sur cet homme échappé de la mort malgré ses fautes, ce même homme tout droit sorti de son rêve. Il revoyait encore ce visage qui avait remplacé le sien sur la surface ténébreuse du lac souterrain.

- Connais-tu le puits de Kalam, à quarante lieues d'ici ?

- Le désert m'est inconnu, Sire, répondit Tayeb.

Ce qui mit le roi dans une perplexité plus profonde encore.

Il fallut trois nuits pour que Tayeb conte ses mésaventures, et durant tout ce temps Nour fût délaissée. Elle crut que Hassan s'était lassé de sa présence et en conçut un zèle ombrageux pour toutes les femmes du harem. Blessée dans son amour-propre, elle était bien décidée à montrer son mécontentement, et lorsque son souverain la demanda, elle fit rapporter qu'elle était souffrante. Le lendemain, ce fut la même excuse, le surlendemain également. Hassan, désemparé de se voir interdire la couche de sa bien-aimée, alla prendre conseil auprès de l'uléma qui récita le Coran :

Vos épouses sont pour vous un champ de labour ; allez à votre champ comme et quand vous le voulez.

Puis il dit :
- Sire, votre autorité sur votre épouse est absolue. Sa fierté et son insubordination sont un affront à Dieu lui-même. Enfermez-la dans ses appartements avec ordre de n'y point sortir et prenez une autre femme. Lorsqu'elle ne pourra plus supporter d'y croupir, elle reviendra vers vous et implorera à genoux votre pardon.

C'est ainsi que Nour fut enfermée dans ses appartements, ce qui ne fit que blesser un peu plus son orgueil. Chaque jour la voyait pleurer sur son sort, mais chaque soir s'entêtait-elle à refuser l'appel du roi. De son côté, Hassan souffrait tout autant de cette séparation. Il tenta bien de se divertir avec quelques jeunes favorites entrées au harem sous le règne de son père, mais ce ne fut qu'ennui et déception car aucune n'égalait la beauté et les talents de son épouse. Alors, pour noyer son chagrin, il se contenta de la présence de Tayeb. Celui-ci dut apprendre à monter à cheval pour pouvoir l'accompagner dans ses parties de chasse. Il découvrit aussi les vertus du jeu d'échecs pour occuper les longues soirées solitaires, et pour combler les insomnies royales il eut recours aux vers du poète Qays ibn al-Moullawwah et à sa magnifique histoire de Majnûn Laylâ :

L'idéal naît de l'amour. Sans amour il n'y a pas d'idéal. Et quand l'amour fléchit, l'idéal disparaît.[10]

La voix de Tayeb était douce et ronde, et elle finissait toujours par apaiser le roi jusqu'à ce que le sommeil l'emporte. C'est ainsi qu'une nuit, Hassan rêva une nouvelle fois de sa chute dans le puits et du visage de Tayeb qui se reflétait à la place du sien dans l'eau souterraine. Lorsqu'il s'éveilla, tout ébranlé, il vit Tayeb assis près d'une fenêtre qui

---

[10] Encyclopédie de l'Islam

observait la nuit. Accablé de chagrin, celui-ci chantait doucement :

La nuit noire réveille la peine qui me mine
Et la nostalgie attise ma détresse.
J'ai l'âme dévorée par la morsure d'absence,
Le chagrin me réduit à l'état de néant.
Tristesse me torture, Mélancolie m'embrase,
Ma larme trahit mon secret.
Je désespère de retrouver les miens
Et toute résolution en mon cœur s'affaiblit.
Mon cœur se consume de désir
Et des flammes voraces me punissent d'aimer.
Censeurs qui me harcelez de reproches,
Je me soumets à ce destin gravé de toujours au calame.
Au nom de la passion, je jure de ne jamais chercher l'oubli,
Le serment d'un amant n'est-il point sacré ?
Ô nuit, parle de moi aux poètes d'amour,
Témoigne qu'en ton sein, je n'ai plus de sommeil.[11]

Hassan aurait sans doute trouvé ces vers très beaux s'il les savait adressés à une femme. Il s'approcha de Tayeb et demanda :
- Que regardes-tu ?
- Le néant de mon cœur, répondit Tayeb.
Hassan se pencha, et à travers la fenêtre vit

---

[11] Poème issu de la version des "Mille et Unes Nuits" établie et traduite par Jamel Eddine Bencheikh et André Miquel.

l'obscurité qui, par-delà les murs de la cité, engloutissait le Sindar.

- Ton cœur est empli de sentiments impurs, lui dit Hassan.

- L'amour est un sentiment que l'on ne choisit pas, Sire. Vous êtes-vous demandé une seule fois si votre amour pour la reine Nour était pur ?

- Par le Tout-Puissant, voilà une question bien hors de propos ! répondit vertement le roi.

Tayeb dit alors :

- L'absence de Jafar me dévore autant que Nour vous manque. Dans ce cas pourquoi mon amour serait-il moins pur que le vôtre ?

Hassan aurait pu faire fouetter Tayeb pour son insolence, mais la tristesse de ses yeux le désarma.

Et Tayeb dit encore :

- Sire, même séparée d'elle, vous avez la chance de savoir la reine Nour bien vivante et en sécurité dans les murs de ce palais. Pour ma part, je ne sais même pas si le cœur de Jafar bat encore quelque part en ce monde.

Hassan tenta quelque peu d'apaiser cette peine en citant le Divân de Hafez [12] :

Même si l'abri de ta nuit est peu sûr
Et ton but encore lointain, sache qu'il
N'existe pas de chemin sans terme.
Ne sois pas triste.

---

[12] Divân de Hafez : œuvre lyrique contenant tous les poèmes de Hafez, poète, philosophe et mystique persan du XIVème siècle.

Mais Tayeb ne l'écoutait plus. Son regard s'était à nouveau perdu dans l'opacité de la nuit.

Hassan s'en retourna chercher le sommeil, mais ses pensées le troublaient. Décidément, Dieu lui avait envoyé ce pêcheur pour un dessein qui le dépassait.

Chaque matin, Nour recevait la visite d'Esma, une esclave qu'on avait mise à son service. Elle arrivait toujours avec un plateau de mets fins et de fruits, et une fois Nour rassasiée, elle l'aidait à sa toilette.

Un jour, la reine lui demanda :

- Ma réclusion dans ces appartements me pèse et mon enfant me manque affreusement. Ne pourrais-tu le soustraire du sein de sa nourrice et me l'apporter, que je puisse un instant le serrer contre mon cœur ?

Comme l'affaire était dangereuse, l'esclave hésita.

Nour dit alors :

- Fais cela, et lorsque mon calvaire dans cette prison s'achèvera, je te récompenserai.

À ces mots, l'esclave sourit et disparut.

Le lendemain, elle revint avec le prince Khalid tout enveloppé de langes, ce qui combla Nour d'un indicible bonheur. La jeune reine profita quelques instants de son beau visage de lune, le couvrit de mille baisers puis le remit, le cœur déchiré, dans les bras de l'esclave.

Lorsqu'elle revint le jour suivant, Esma sortit de

sa manche un livre couvert de lettres d'or.

- Voilà de quoi égayer la longueur de vos jours, ma maîtresse. Cet ouvrage n'est en rien aussi précieux que le prince Khalid, toutefois je suis certaine qu'il vous comblera et atténuera votre solitude. Mais dans les mains d'Esma, Nour ne voyait que du vide. À ses yeux, le livre restait invisible comme l'étaient devenus ceux de son enfance. La jeune esclave s'en rendit compte mais ne montra point sa surprise. Elle se contenta d'ouvrir elle-même le livre et commença la lecture. Nour entendit alors un chant s'élever. Il était tout en harmonie, paisible et rassurant, et ses notes charmaient. Elle trouva cela agréable et se laissa bercer.

Une fois sa lecture terminée et le livre refermé, Esma demanda :

- Ô ma reine, que voyez-vous entre mes mains ?

Et Nour répondit :

- Je vois le vent qui souffle entre deux rochers.

Mais Esma ne désespérait pas. Chaque jour, elle revenait avec un livre plus précieux et faisait la lecture à Nour. Et Nour écoutait le chant des mystères, toujours plus beau et mélodieux.

Sa lecture terminée et le livre refermé, l'esclave demandait invariablement :

- Ô ma reine, que voyez-vous entre mes mains ?

Et Nour de répondre :

- Je vois le vent qui souffle entre deux rochers.

Vint le jour où Esma ramena le plus précieux de tous les livres. Le chant que Nour entendit fut alors si beau qu'elle en pleura toutes les larmes de son corps. Elle posa alors ses yeux sur les mains de l'esclave, fronça les sourcils, et pleine d'incompréhension demanda :

- Esma, quel est donc ce livre que tu tiens entre les mains ?

Une immense joie gonfla le cœur de l'esclave et elle répondit :
- Le livre que je serre entre mes mains est le Saint Coran, ma Reine.

Car en vérité, seul le plus sacré des livres avait le pouvoir de conjurer le sortilège du faux précepteur.

- Je n'imaginais pas les mots du Prophète chanter si bien, s'étonna Nour.

Pour toute réponse, Esma récita :

La langue et le cœur sont les deux moitiés de l'homme ; le reste n'est rien qu'une vaine forme de sang et de chair.[13]

Nour était abasourdie. Qu'une esclave sache lire était déjà singulier, mais qu'elle puisse embrasser la philosophie paraissait invraisemblable. Elle observa Esma avec intérêt puis demanda :

- Ta peau a la blancheur des nuages, tes cheveux rougeoient comme la braise et tes yeux reflètent l'émeraude des forêts du nord. D'où viens-tu ?

---

[13] Encyclopédie de l'Islam

- Je suis née sur les rives du fleuve Thermodon, Maîtresse, en terre de Cappadoce.

- Toutes les filles apprennent à lire dans ton royaume ?

- Certes non, répondit Esma en riant, mais j'en suis reconnaissante à ma mère car c'est par elle que cet enseignement me fut donné.

Piquée par la curiosité, et pour alléger le poids de ces jours ennuyeux, Nour insista pour que l'esclave lui conte son histoire. Alors la jeune femme s'agenouilla auprès d'elle et commença ainsi :

- Je vivais heureuse avec ma mère, mes sœurs, mes tantes et mes cousines entre la mer et les montagnes. Nous étions cent et mille, et à de rares exceptions, les hommes étaient bannis.

- Bannis ?

- Oui, ma reine, répondit Esma. Nous n'acceptions leur présence que pour engendrer. Il en était ainsi.

Fort surprise par ces propos, Nour demanda :

- Nous adorons Notre Seigneur qui a créé l'homme et la femme d'une même âme unique et qui a instauré entre eux amour et miséricorde. Pourquoi donc refuser la présence des hommes ?

- Vois-tu, répondit Esma, l'Islam n'est ni patriarcal, ni matriarcal ; il est religion, béni soit le Prophète. Mais les terres sur lesquelles il s'impose sont empreintes de cultures et de traditions et il se marie ainsi aux réalités locales qui sont trop souvent dictées par les hommes. Nous avions alors fondé notre royaume pour ne plus avoir à souffrir de cette mâle injustice que nous considérions comme un affront à Dieu Lui-même. Nous étions l'égal des hommes, et tant qu'ils refusaient de l'admettre, nous préférions vivre sans eux. Ainsi, notre communauté procédait elle-même aux travaux des champs et de construction. Le maniement des armes était chose aussi courante que les travaux d'aiguille. Notre valeur au combat imposait le respect des royaumes voisins et la qualité de nos ouvrages permettait de riches échanges commerciaux. Ainsi vivions-nous en paix. Lorsque l'une d'entre nous engendrait un enfant mâle, nous l'élevions jusqu'à l'âge de conscience dans le respect de nos valeurs. Ensuite, il était libre de se confronter au monde et de vivre où bon lui semblait. Beaucoup nous quittaient, rares étaient ceux qui revenaient. À ces derniers, les portes de notre royaume leur étaient toujours ouvertes.

Nour, ébahie par ce monde si singulier, avait mille questions. Elle laissa toutefois Esma continuer son récit :

- Quant à l'apprentissage de la lecture, nous le jugions indispensable à l'élévation de l'esprit, si bien qu'à l'aube de mes seize ans, je connaissais déjà les mystères du Tanakh [14] et du Sattvaguna [15].

Nous formions une communauté laborieuse et pacifiste, profitant de la fertilité de nos champs et

---

[14] Tanakh : Bible hébraïque.
[15] Sattvaguna : un élément de la philosophie indienne.

de nos troupeaux.

Mais un jour, le sol se mit à trembler. De l'est monta une immense frange de poussière qui libéra une puissante armée. Celle-ci avait déjà ravagé quelque royaume voisin et nous nous attendions à affronter un ennemi puissant. Défendant nos terres, nous combattîmes avec acharnement, mais sous le nombre nous dûmes capituler. Nous fûmes toutes arrachées à notre terre puis dispersées pour être vendues comme esclaves aux quatre coins de l'Orient. C'est ainsi que se refermèrent sur plusieurs d'entre nous les portes de ce palais. Mais le destin me préserva de la couche du roi Abd al-Bassir car il fut rappelé par Dieu au lendemain de mon arrivée.

- Le roi son fils connaît-il ta présence ? demanda Nour.

- Hassan sait tout, répondit Esma.

Une question lui brûlait la langue, mais Nour redoutait la réponse. Elle s'arma néanmoins de courage et demanda :

- T'es-tu déjà offerte à lui ?

- Oui ma reine, répondit l'esclave en baissant les yeux. Pas plus tard qu'hier soir.

Esma devina la mélancolie qui envahissait le cœur de la reine et elle s'empressa de rajouter :

- Il n'en tira aucune satisfaction. Dans ses yeux, seul rayonnait l'amour qu'il a pour vous.

- Es-tu certaine de ce que tu dis ? demanda Nour.

- Aussi certaine que le jour succède à la nuit,

répondit la jeune esclave. Mais son orgueil est grand.

- Tout comme le mien, répondit Nour, et je ne m'abaisserai jamais à être l'objet de ses seuls désirs. Je suis son amie, son amante, son épouse, la mère de son enfant.

Ces mots firent un étrange effet sur Esma car elle adressa à la reine un sourire plein de compassion. Elle sortit alors de sa manche un ouvrage qu'elle présenta à Nour et dit :

- Ma reine, si vous persistez à ne point vous soumettre et à assumer le fardeau de votre emprisonnement, égayez vos journées par la lecture de ce magnifique ouvrage.

Nour observa le livre sans oser s'en saisir. Mais devant l'insistance de l'esclave, elle fut finalement forcée d'avouer qu'elle ne savait pas lire.

- Dans ce cas, ô maîtresse, permettez-moi de me soustraire à vous.

C'est ainsi que par la voix d'Esma, Nour découvrit la Mu'allaqâ [16] de Zuhayr. Devant la puissance des vers du poète, elle en fut si bouleversée que le livre à peine terminé, elle supplia Esma de revenir avec d'autres ouvrages. Au fil des jours, celle-ci accéda à son désir. Lorsqu'il ne s'agissait pas de poésie ou que les textes étaient plus ardus, l'esclave eut l'infinie patience de répondre aux innombrables questions que posait la reine, si bien qu'au fil des jours, Nour

---

[16] Mu'allaqâ : ensemble de poèmes pré islamiques.

finit par être subjuguée par la philosophie grecque d'Aristote, tout autant que par le Canon des poèmes chinois. Malgré son incapacité à déchiffrer les mots, Nour constata que les caractères de ce dernier n'étaient pas arabes. Esma lui avoua qu'elle était capable de lire tous les idiomes connus.

- Et tous ces livres sont dans la bibliothèque du palais ? demanda Nour, de plus en plus émerveillée.

- Certes non, répondit Esma avec mystère.

Et sans plus d'explications, elle aborda les écrits de Rabi'a al Adawiyya [17].

- Qui était-elle ? demanda Nour.

- Celle qui osa s'élever contre la vanité de ceux qui voulaient enfermer l'esprit dans la lettre. On raconte qu'elle aurait été vue dans les rues de Bagdad, un seau dans une main et une torche dans l'autre, et criant qu'elle allait éteindre les feux de l'enfer et incendier le paradis. Un passant l'arrêta et l'interrogea sur le sens de ses dires. Elle répondit que les hommes n'adoraient Dieu que par intérêt alors que la vraie dévotion consistait à ne l'adorer que Lui, que seule comptait la pure aspiration à contempler Sa Face.

À ses mots, Nour fondit en larmes. Esma l'entoura de ses bras et s'enquit de cette soudaine détresse.

- Tu m'as ouvert les yeux sur les richesses de

---

[17] Rabi'a al Adawiyya (714-801). Mystique musulmane née à Bassorah. Pour les soufis, connue comme "La Mère du Bien".

l'esprit et l'infinité du monde, se lamenta Nour, et je m'aperçois aujourd'hui que je ne suis qu'une coupe vide. Tout esclave que tu es, ton érudition te met bien au-dessus de ma condition.

- Sèche tes larmes, ô ma reine, car comme tu me vois je peux t'arracher de l'ignorance dans laquelle s'obstinent à nous laisser les hommes.

Le cœur de Nour s'emplit alors d'un tel espoir qu'elle embrassa Esma.

- Mais pour cela, continua l'esclave, il te faudra sortir d'ici car ton enseignement ne pourra se faire qu'en dehors de ce palais.

- Cela est impossible et tu le sais bien. Toi comme moi sommes prisonnières de ses murs.

- En vérité, ma reine, je suis libre comme l'air.

- Libre ? Comment peux-tu prétendre une telle chose ?

Esma dit alors :

- Ce soir, lorsque le disque de la lune montera au-dessus de la mer, sors sur la terrasse de tes appartements, assieds-toi et attends. Et si tu parviens à surmonter ton effroi, tu auras ta réponse.

Lorsque la lune parut à l'horizon, Nour sortit sur la terrasse et, comme le lui avait recommandé Esma, s'assit sur le tapis qui ornait le sol et attendit. La rumeur qui montait de la ville était emplie de rires, de chants et de prières. Un instant passa, puis un instant encore, et Nour commença à douter des dires de l'esclave. Puis soudain le sol se déroba et Nour constata avec frayeur que le tapis sur lequel elle se trouvait se soulevait. Elle eut à peine le temps de se cramponner aux rebords soyeux que le tapis prit son envol. Le vide s'ouvrit au-dessous, enchevêtrement de minarets, de coupoles et de toits, et Nour fut prise de vertige. Le tapis prit une telle vitesse qu'il passa au-dessus des remparts de la cité sans être aperçu par la moindre sentinelle. Fort effrayée, elle se vit bondir par-dessus les rives de l'Indusi et continuer sa course échevelée vers les champs irrigués. Le tapis survola ensuite les petits villages blottis dans la grande palmeraie, puis finalement descendit se poser au cœur d'une forêt d'abricotiers.

Esma, qui était en train de puiser l'eau d'un puits, vint accueillir la reine.

- Quel est donc ce sortilège ? demanda Nour qui se remettait à grand-peine de ses émotions.

- La magie de ma mère, répondit Esma, dont j'ai hérité quelques dons.

- Mais que fais-tu si loin du palais, et quel est donc cet endroit ?

- C'est ici que je vis, même si je passe le plus clair de mon temps dans le harem. Vivre au palais me permet d'avoir une oreille sur tout ce qui s'y trame. Vois-tu, il est toujours bon de garder un œil vigilant, même sur les plus grands rois.

Circonspecte, Nour regarda autour d'elle mais à part le verger qu'éclairait la lune, nulle demeure n'était visible. Esma prit Nour par la main et l'amena dans une clairière au centre de laquelle se dressait un gros rocher. Esma leva la main vers lui et prononça une étrange incantation. C'est alors que dans un grondement sourd le rocher s'ouvrit en deux, libérant un passage qui plongeait sous la terre.

Esma alluma une torche et prit la main de Nour.

- N'aie crainte, dit-elle, et suis-moi.

Malgré l'effroi qui la tenaillait, Nour obéit. Elles pénétrèrent dans la faille et descendirent une longue volée de marches. Elles s'enfoncèrent ainsi dans les profondeurs du monde jusqu'à ce qu'une porte se présente devant elles. Elle ne possédait ni serrure ni poignée, et là encore, Esma énonça une formule impénétrable. La porte magique s'ouvrit, et sous les yeux ébahis de Nour se découvrit la demeure d'Esma.

Il s'agissait d'une grotte éclairée de mille lanternes. Des tentures épaisses et colorées masquaient les parois de roc et sur le sol s'éparpillaient une farandole de tapis soyeux et une nuée de coussins de soie.

Esma ne vivait pas seule dans cet antre singulier et Nour fit la connaissance de fillettes, de jeunes filles et de femmes de tous âges, et aucune ne manqua de se prosterner devant la reine.

- Qui sont-elles, demanda Nour.

- Certaines ont été victimes de la dureté et de l'injustice des hommes, expliqua Esma. Battues, violées, divorcées, veuves rejetées, stériles répudiées. D'autres se considèrent comme insoumises à l'autorité des mâles. Mais toutes sont venues ici de leur plein gré et je les considère comme mes sœurs sans aucune exception.

Dans la Grotte des Combats, elle les vit s'entraîner aux maniements de l'épée et du sabre, et fut épatée par l'adresse et la précision de leurs gestes. Dans la Grotte des Tapis, Nour les découvrit travaillant aux métiers à tisser, et fut subjuguée par la beauté et le raffinement des motifs. Mais quelle ne fut pas sa stupéfaction lorsqu'elle apprit qu'à chacun de ces tapis allait être insufflé le don de voler !

- Quel est donc le secret de ce prestige ? demanda-t-elle à Esma.

- Ce secret, répondit l'esclave, je ne puis te le révéler. Mais sache simplement qu'il est le fruit d'un puissant amour qui a éclairé ce monde il y a bien des siècles.

- Comment le sentiment entre un homme et une femme peut-il créer tant de magie ?

- Il s'agissait, révéla Esma, d'un amour entre un mage et son disciple.

- Un amour interdit, murmura Nour en frissonnant.

- L'amour est un sentiment aussi indomptable que sacré, ma reine. Et ce serait faire offense à Dieu que de le juger nous-mêmes. Il faut certes un homme et une femme pour engendrer la vie, mais le don de voler n'est-il pas aussi magique que la naissance d'un enfant ?

- Certes, concéda Nour. Mais comment cet enchantement est-il parvenu jusqu'à vous ?

- Nous avons hérité de ce trésor inestimable car nous souffrons, tout comme ce mage et son disciple, d'un même mépris. La domination mâle règne par sa bassesse et sa lâcheté. Unir nos forces contre ce joug est un choix de sagesse. Chaque femme en ce monde qui lutte contre cette injustice devrait se rallier à cette idée. D'ailleurs, le dicton ne dit-il pas : « *L'ennemi de mon ennemi est mon ami* » ?

L'esclave prit alors la main de la reine et toutes deux pénétrèrent dans la Grotte des Délices. Nour aperçut des femmes de tous âges et de toutes beautés se détendre dans les sources souterraines, s'ébattant avec langueur dans les vapeurs parfumées. Une douce musique accompagnait leurs plaisirs. Elle venait du luth et du tambourin, que beaucoup considéraient comme impurs aux yeux du Divin. Mais Nour ne dit mot tant la mélodie qui chantait à ses oreilles la bouleversait.

Finalement, ce qui la frappa le plus fut la Grotte du Savoir. Il s'agissait là d'une véritable caverne où des livres en multitude s'empilaient en rayons vertigineux. La bibliothèque du palais de son enfance n'aurait occupé ici qu'un insignifiant recoin. Échelles et colimaçons permettaient d'atteindre des ouvrages si haut perchés qu'ils se perdaient dans les brumes souterraines. Devant un tel éblouissement, Nour ne douta pas un instant que se trouvait ici toute l'âme des hommes.

Une femme parut, qui semblait sortir du fond des âges. Elle approcha lentement, toute courbée de vieillesse, puis se prosterna et baisa les mains de Nour.

- Qui es-tu, demanda la reine ?

- Mon nom est Soraya, Majesté, la doyenne de ce lieu secret. Je suis celle qui sait où se trouvent chaque mot et chaque pensée.

Nour observa avec curiosité la petite femme dont le visage, fripé comme une vieille pomme, dégageait beaucoup de candeur.

- D'où viens-tu ? demanda-t-elle encore.
- D'Égypte, ma reine. Je n'avais que douze ans lorsque mon père me maria à son créancier afin d'effacer ses dettes. L'homme était vieux, autoritaire et lubrique. Le soir de mes noces, alors qu'il m'attirait dans sa couche pour prendre ma virginité, je lui plantai un poignard en plein cœur et passai les rives du Nil pour ne jamais revenir.

Admirative de tant de témérité, Nour demanda :
- N'étais-tu point terrorisée de te retrouver seule face aux dangers de ce monde ?
- Certes, je l'étais, répondit Soraya, mais tout me paraissait plus acceptable que d'être l'esclave de ce méprisable vieillard. Puis, par la grâce du Très Haut, mon destin croisa une femme pieuse qui me prit sous sa bienveillante protection. Elle descendait d'une lignée qui fut très proche d'Umm Habiba, une épouse du Prophète, celle-là même qui rapporta des hadiths dans les livres de la sunna.
- Mais, répliqua Nour en reculant de stupeur, une femme, fut-elle du Prophète, ne peut avoir ce pouvoir !
- Détrompe-toi, dit Soraya dans un sourire à demi édenté. Durant la vie du Prophète, ses compagnes et ses épouses ont propagé la foi,

enseigné la religion et narré les hadiths, et après sa mort, certaines furent considérées comme les gardiennes vitales de la connaissance. Aïcha, épouse elle-même du Prophète, était une brillante savante. Elle n'avait pas vingt ans qu'on venait la consulter sur les questions juridiques, historiques, littéraires et même médicales. On prétend que plus de mille hadiths du Prophète s'appuient sur son autorité. Sais-tu, par exemple, que c'est à travers Aïcha que fut décidé que toute femme en menstrues ou après un accouchement soit dégagée du jeûne ?

À ces mots, Nour ne douta plus un instant que le savoir de Soraya fut aussi grand que son âge.

- Esma m'a confié ton incapacité à déchiffrer les mots, mais j'ai le pouvoir de remédier à cela, expliqua Soraya. Tu pourras également lire sans la moindre difficulté les mille et un ouvrages de cette grotte car ils regroupent tous les langages du monde connu. Mais il faudra promettre sur ce qui t'est le plus précieux de ne jamais trahir le secret des Amazones. C'est ainsi que les Grecs nous nommèrent, car les racines de notre peuple sont très anciennes.

Nour en fit la promesse sur la vie de son enfant. Soraya posa alors sa main sur le front de la reine et murmura une incantation. Puis la vieille femme prit le premier livre à sa portée et en présenta la tranche à Nour. Sans la moindre difficulté, la reine déchiffra les caractères chinois : Odes du Shi Jing[18].

Esma se tourna vers Nour qui avait les larmes aux yeux et lui dit :

- Tu es ici chez toi, ô ma souveraine. Que ce lieu emplisse ton esprit afin qu'il puisse rayonner et servir le bonheur de tous les hommes.

C'est ainsi que nuit après nuit, Nour s'envolait de la prison de sa chambre pour rejoindre les grottes cachées. Elle se plongea avec délice dans l'encyclopédique savoir d'Al-Farabî [19] et fut étourdie par la variété des choses que le Très Haut avait créées. Stupéfaite, elle entrevit les secrets du ciel grâce aux écrits d'Abou Ma'shar al-Balkhî [20]. À travers le Véda [21], la Bible hébraïque, les Évangiles canoniques et apocryphes, elle pénétra la diversité des croyances et des religions que Dieu, dans sa générosité, avait essaimées sur toute la Terre. Elle eut entre les mains les livres des penseurs chafiites, les manuscrits des chiites duodécimains et aussi des miniatures représentant le prophète Mahomet

---

[18] Shi Jing : anthologie de poèmes datant de l'Antiquité chinoise.

[19] Al-Farabi (872-950) : grand philosophe musulman chiite persan. Il fut l'un des premiers à répandre parmi les musulmans la connaissance d'Aristote. (Encyclopédie de l'Islam)

[20] Abou Ma'shar al-Balkhî (787-886) : mathématicien, astronome et philosophe persan. Appelé Albumasar en Occident, nombre de ses œuvres furent traduites en latin et connues par les érudits européens durant le Moyen-Âge. (Encyclopédie de l'Islam)

[21] Véda : "Connaissance révélée" transmise au sein du védisme, du brahmanisme et de l'hindouisme.

lui-même. La magnificence des enluminures ravit tant son cœur qu'elle fut contrite de savoir que ces œuvres pouvaient être interdites, car au regard de certains, représenter le Prophète était un péché mortel.

Plus Nour apprenait, plus lui revenaient les paroles soufies de Rabia al Adawiyya sur le danger des hommes à vouloir manipuler La Parole de Dieu pour mieux asservir les âmes.

Si son cœur saignait de n'être pas assez aimé, son esprit lui, se nourrissait d'un savoir qui la rendait chaque jour plus heureuse.

Par un jour de grand vent arriva au palais une caravane venue des confins de l'Arabie. Le marchand se prosterna devant le roi Hassan, tenant dans ses mains une solide étoffe. Il la déroula et apparut au grand jour des tablettes d'argile couvertes de symboles mystérieux.

- Qu'est-ce là ? demanda Hassan au marchand.

- Il s'agit, Sire, d'objets très anciens, venus jusqu'à nous sans avoir trop souffert des vicissitudes du temps.

Le roi, fort circonspect, interrogea du regard ses conseillers. L'ouléma avança le premier. Il constata qu'il s'agissait en effet de tablettes très anciennes. Mais comme l'ouléma dédaignait tout ce qui avait existé avant la naissance du Prophète, il laissa la parole au vizir.

- Où as-tu trouvé ces tablettes ? demanda celui-ci au marchand.

- Dans les sables du désert, répondit l'homme dont le visage était encore couvert de poussière. Cela m'a pris bien des jours pour les chercher dans les tombeaux antiques et bien des nuits pour les déterrer.

Le regard du vizir fut alors attiré par les mains du marchand. Elles étaient ornées de bagues qui, même pâlies par les affres du voyage, trahissaient leur grande valeur. Le vizir eut bien du mal à imaginer ces mains aux doigts fragiles creuser la terre, et il douta de la sincérité du marchand. Suspectant qu'il avait subtilisé cet objet à plus faible ou plus pauvre que lui, il demanda :

- Que désires-tu en échange de cette antiquité ?

- Antiquité certes, mais fort précieuse, nota le marchand.

- Fort précieuse en effet, continua le vizir, si précieuse que seul le Prophète, la paix soit sur Lui, en connaît la véritable valeur. Car ce que tu désires vendre vient du premier temps de la Connaissance et ne peut être acheté.

À ces mots, le regard du marchand se troubla, ce qui conforta les doutes du vizir.

- Ainsi, continua-t-il, puisque ceci n'a pas de prix, je ne peux que récompenser ton admirable dévouement pour les avoir menées jusqu'au roi.

À ses mots, il prit les tablettes des mains du marchand et y déposa en échange une pièce de monnaie, la plus petite et la plus dérisoire pièce que l'on pouvait trouver dans tous les bazars d'Orient. Le marchand, partagé entre la colère et la culpabilité, se retira sans même oser lever les yeux.

La transaction ainsi faite, les hommes les plus instruits du royaume se penchèrent sur les gravures millénaires pour tenter d'en percer les mystères. Ils y passèrent de longs jours et de longues nuits, et après maints conciliabules finirent par présenter au souverain leurs conclusions.

Le plus érudit de tous prit la parole :

- Il s'agirait, Sire, d'un échange entre un maître de Babylone et son esclave [22]. Le maître demande diligemment à son esclave des conseils sur les choses de la vie mais, poussé par son orgueil et son arrogance, il finit toujours par les mépriser. Le premier de ces textes parle d'amour, et nous sommes parvenus à traduire à peu près ceci :

« Esclave, écoute-moi !
- Me voilà, Maître, me voilà.
- Je veux faire l'amour à une femme !
- Faites l'amour, Maître, faites l'amour. L'homme qui fait l'amour à une femme oublie le chagrin et la peur.
- Que vaut ta parole, esclave ? Je préfère donc ne pas faire l'amour !
- Vous avez raison, Maître. Ne faites pas l'amour. La femme est un vrai piège, un trou, un fossé. La femme est le poignard qui tranche la gorge d'un homme ! »

- Ces deux autres textes, poursuivit l'érudit en présentant deux tablettes, parlent de banquet et de chasse, mais l'écriture est trop érodée pour être correctement déchiffrée. Le quatrième, quant à lui, annonce une visite au roi :

« Esclave, écoute-moi !
- Me voilà, Maître, me voilà.

---

[22] Dialogue du Pessimisme : texte de la littérature sapientiale mésopotamienne, rédigé et gravé vers la fin du IIe millénaire avant J.C.

- Vite, amène-moi le chariot et attelle-le. Je veux conduire jusqu'au palais !
- Conduisez maître, conduisez. Ce sera à votre avantage. Quand il vous verra, le roi vous fera honneur.
- Que vaut ta parole, esclave ? Je préfère donc ne pas conduire jusqu'au palais !
- N'y allez pas maître, n'y allez pas. Le roi pourrait vous envoyer Dieu sait où. Il pourrait vous faire prendre un chemin que vous ne connaissez pas. Il vous fera souffrir jour et nuit. »

- Le cinquième échange, Sire, discourt de philanthropie et raconte à peu près ceci :

« Esclave, écoute-moi !
- Me voilà maître, me voilà !
- Je veux participer au bien de mon pays !
- Faites le bien maître, faites le bien. Vos actions bénéfiques pour votre pays seront exposées au cercle de Marduk.
- Que vaut ta parole, esclave ? Dans ce cas, je ne ferai aucune action bénéfique pour mon pays.
- Abstenez-vous maître, abstenez-vous. Ignorez les paroles des anciens et passez outre. Voyez les crânes de la plèbe et de la noblesse. Qui est le malfaiteur, qui est le bienfaiteur ? »

- Quant au texte parlant de révolution, continua l'érudit en présentant une nouvelle tablette, il révèle plus ou moins ceci :

« Esclave, écoute-moi !
- Me voilà Maître, me voilà.
- Je veux mener une révolution !
- Alors menez, Maître, menez ! Si vous ne vous révoltez pas, où trouverez-vous de quoi vous vêtir et de quoi remplir votre ventre ?
- Que vaut ta parole, esclave ? Dans ce cas, je ne mènerai pas de révolution !
- Ne dirigez pas, Maître, ne dirigez pas de révolution. L'homme qui se révolte est soit tué, soit écorché. Il est arrêté et jeté en prison. »

- Les tablettes sur le mariage, la justice, les affaires et le sacrifice se révèlent trop abîmées pour être déchiffrées, expliqua l'érudit. Mais par la grâce du Très Haut, la dernière, celle qui conclut ce dialogue d'un autre temps, est la mieux préservée. Le maître, tout autant perdu qu'irrité par les conseils contradictoires de son esclave, le convoque une dernière fois pour le questionner sur le sens même de la vie :

« Esclave, écoute-moi !
- Me voilà, Maître, me voilà.
- Qu'est-ce qui est bon, alors ? Que mon cou et le tien soient brisés ou que nous soyons jetés dans une rivière ?
- Qui est assez grand pour aller au Paradis, Maître ? Qui est assez vaste pour embrasser le monde entier ?
- Dans ce cas, esclave, je vais te tuer et t'y envoyer en premier !
- Tuez-moi Maître, tuez-moi. Mais sachez que vous ne

me survivrez pas trois jours ! »

Il ne faisait aucun doute que cette conversation millénaire donnait à réfléchir à qui savait réfléchir. Tayeb, assis au pied du roi, n'en avait pas perdu une miette. La satire démontrait que chaque acte était déterminé par une bonne et une mauvaise raison. Outre que cette sagesse venue du fond des âges donnait à chaque vie une même valeur, elle poussait également à se demander qui, finalement, était l'esclave de l'autre.

C'est ainsi que le lendemain, en revenant des bains, Tayeb demanda à Hassan :

- Que suis-je à vos yeux, Auguste souverain ? Moi qui vous lave, vous habille, vous nourris et vous désaltère ?

- Tu es mon serviteur, répondit Hassan.

- Esclave serait le mot juste, Sire.

- Tu es musulman, se défendit Hassan. Tu ne peux être l'esclave d'un musulman. Le Coran est très clair sur ce point.

- Ma position auprès de vous semble pourtant être celle de l'esclave.

- T'ai-je déjà empêché de parler ? Et ne peux-tu pas te déplacer quand et où bon te semble dans ce palais ?

- Dans ce cas, ne pourrais-je choisir d'en sortir et d'être libre ?

- Être le serviteur d'un souverain est un grand honneur, car il met en tes mains toute sa confiance.

- Qu'importe l'honneur lorsque le cœur saigne,

Sire. Dieu m'a arraché aux gens que j'aimais. Faites-moi tuer, qu'on en finisse !

- Tu sembles avoir un autre destin. Oserais-tu t'opposer à Dieu qui t'a épargné ?

Puis Hassan dit encore :

- À travers mon fidèle faucon, Allah t'a mis sur mon chemin. Lui seul pourra te séparer de moi. Quand ce jour arrivera, s'Il désire que tu sois libre, je me soumettrai humblement à Sa volonté et t'ouvrirai les portes de ce palais.

Puis Hassan s'étendit sur sa couche et très vite le sommeil le gagna.

Tayeb sortit sur le balcon, méditant sur la promesse du roi, et d'en conclure qu'il était tout aussi prisonnier de ces murs que du temps lui-même. L'air était tiède et à ses pieds la ville dormait. Au-delà, la mer miroitait sous la lune pleine. La nuit était si claire qu'on pouvait distinguer les Hautes Falaises dressées aux confins du Sindar. Il pensait à Jafar. Chaque jour, l'espoir de le revoir s'amenuisait et il ne pouvait s'empêcher d'en pleurer.

- Jafar, Jafar, que ne donnerais-je pour te serrer de nouveau contre moi.

C'est alors qu'un souffle humide balaya sa nuque. Il se retourna vivement et découvrit un cheval qui l'observait d'une étrange façon.

L'animal était un pur-sang haut d'encolure dont le pelage ébène luisait sous les rayons de lune. Ses naseaux frémissaient d'impatience et son regard ardent invitait au voyage.

Par quel sortilège l'animal s'était retrouvé sur cette haute terrasse, Tayeb n'aurait su le dire, mais à peine l'enfourcha-t-il qu'il se cabra avec fougue. Il eut à peine le temps d'agripper sa crinière que l'animal bondit dans les airs. Celui-ci s'élança au-dessus de la ville et sa vélocité était telle qu'en passant au-dessus des remparts aucune sentinelle ne le remarqua. Tapi contre son encolure, Tayeb vit défiler le Sindar tout entier et l'animal monta si haut que les étoiles dansaient sous sa course. Le désert avalé, le pur-sang passa au-delà des Hautes Falaises et devant Tayeb se révélèrent les hauts plateaux du Tarkum, une terre rocailleuse à l'étendue infinie et vide de tout être vivant. Un vent froid le surprit et il se pressa contre le poil soyeux de son destrier.

Tayeb aperçut bientôt une combe obscure qui s'ouvrait sur le plateau désolé. Dissimulée de tout regard, elle n'était visible que du ciel. En son centre se trouvait un énorme rocher, et sur le rocher se dressait une puissante forteresse. L'animal y descendit et se posa dans la cour de la citadelle. Elle était déserte et austère, et la nuit la rendait fort inquiétante. Tayeb sauta du cheval alors qu'un homme accourait déjà vers lui. Il était enroulé dans un manteau sombre et son allure altière impressionnait. C'est alors qu'il reconnut Jafar et son cœur chavira. Ils se sourirent, sans un mot s'étreignirent, et devant tant de félicité leurs yeux se brouillèrent de larmes. Puis, la curiosité succédant aux effusions, Tayeb demanda :

- Par quelle magie tout ceci ?

Jafar ne répondit pas. Il lui prit simplement la main et l'entraîna vers son palais.

À peine entré, Tayeb écarquilla les yeux devant les splendeurs qui s'offraient à lui. Le sol était de marbre noir veiné de blanc, les portes en ivoire cloutées de joyaux, des vasques en porcelaine lançaient des jets d'eau parfumée, des tentures de soie caracolaient sur des coussins brodés de fils d'or, mais aussi des étoffes de Chine, des cascades de perles, du bois précieux des Îles Lointaines, tant et tant de richesses que le palais du roi Hassan semblait bien austère en comparaison. Des pages au corps d'ébène et aux oreilles ornées de rubis installèrent Tayeb sur des tapis d'un ineffable ouvrage. On lui présenta ensuite des mets succulents et des nectars qui auraient tourné la tête de tous les souverains. Puis Jafar l'attira à lui. Les caresses se mêlèrent aux baisers, et dans le ballet des volutes d'encens poivrées, ils firent l'amour comme au temps jadis.

Ce n'est que plus tard, lorsqu'au cœur de la nuit tout se fut apaisé et que les dernières chandelles s'attardaient, que Tayeb demanda :

- Est-ce un rêve ou suis-je arrivé au Paradis d'Allah ?

- Tu m'as demandé à ton arrivée d'où venait cette magie et je vais te répondre. Mais il faudra en garder le secret.

- Devant Dieu j'en fais la promesse, répondit Tayeb.

Alors Jafar posa sa tête sur le cœur de Tayeb et il lui fit ce récit :

- Suite à notre condamnation, je fus désigné pour rejoindre les assassins, traîtres, voleurs et autres criminels afin d'extraire les métaux précieux des mines du Tarkum. Le convoi partit à l'aube. Les pourpres et les vermeils de notre cité disparurent derrière les dunes blanches du Sindar. Je partageais mon sort avec neuf autres prisonniers, entravés aux chevilles et aux poignets, et encadrés par des gardes à cheval. La piste suivait la rive orientale de l'Indusi. Le cours du fleuve creusait une monstrueuse balafre dans les ondulations sableuses, et les tâches verdoyantes des oasis parvenaient à peine à en rompre la monotonie. Notre triste cortège attirait des grappes d'enfants curieux qui se pressaient en bordure des champs irrigués et nous lançaient des pierres. Aux abords d'Ahoudine, je croisai des visages familiers, des amis et des voisins qui, pris de stupeur en me reconnaissant, détournaient le regard. Mais plus encore que la honte, la tristesse m'assaillait et elle fut un fardeau bien plus lourd que mon corps fatigué par la marche forcée et par les chaînes qui courbaient mon échine. La douleur de notre séparation et la perspective de ta mort m'étaient si insupportables que je ne perçus ni la fin des oasis, ni la brûlure du sable sous mes pieds, ni la présence des Hautes Falaises vers lesquelles nous cheminions et qui prenaient lentement forme dans la pâleur des brumes de chaleur.

Le soir, le cortège fit halte au pied du gigantesque rempart. Son roc noir absorbait les rayons obliques du soleil couchant. Mais plus ténébreuse encore était la formidable cassure qui courait sur toute la hauteur de la falaise, une tranchée, comme faite par le sabre d'un géant pour libérer les eaux de l'Indusi et qui s'ouvrait sur une gorge insondable. Ainsi était la porte du Tarkum. Personne ne pouvait détourner le regard de ce corridor que l'obscurité grandissante rendait toujours plus inquiétant.

Brisé, prostré, je me couchai sur le sable, la face vers la solitude infinie du ciel, et je fis la promesse de me venger de mon oncle, dussé-je traverser le monde dans l'autre sens.

Enfants, nous nous étions tous deux demandés où naissait l'Indusi, jusqu'au jour où ton vieil ermite aux yeux transparents nous décrivit la splendeur des montagnes blanches qui se perdaient dans les nuages. Mais l'image que je m'étais faite du Tarkum fut anéantie dès mon entrée dans le défilé. L'Indusi rugissait en contrebas de la piste ; refusant d'être dompté par la roche qui l'enserrait, il se soulevait en d'immenses vagues qui, lancées les unes contre les autres, envoyaient d'énormes gerbes d'écume à une hauteur prodigieuse. Le regard ne pouvait s'accrocher ni à ces tourbillons furieux ni à la verticalité des parois sur laquelle s'agrippait notre étroite piste.

Après quelques lieues, le Tarkum se resserra

encore et la hauteur de ses murailles n'eut plus de limites. Le ciel se réduisit en un étroit serpent d'azur. Les chevaux des gardes, accablés de vertige, rechignaient à avancer. Malgré la hauteur des murailles qui maintenait le défilé dans une ombre constante, la chaleur était lourde, et l'absence de vent rendait l'air suffocant. La poussière soulevée par les pieds et les sabots piquait les yeux et brûlait les gorges. Quant au fleuve, il assourdissait. Dans cette étuve, un frisson me parcourut, car l'âpreté de ce monde annonçait ce qu'allait être l'effroi des mines.

Durant l'après-midi, un orage éclata. Le ciel était si étroit que le tonnerre s'était fait entendre bien avant qu'on aperçoive les premiers nuages s'amonceler au-dessus du défilé. La pluie fut brève et ne soulagea pas nos corps, car le gros de l'orage sévissait en amont.

Au bout d'une heure, le visage du fleuve changea. Aux limons jaunes se mêla une glaise obscure. Les flots grossissaient et les vagues écumaient de fureur. Et comme si cela fut possible, tout se resserra encore. De chaque côté, les parois formaient deux énormes et puissants piliers qui verrouillaient la gorge et amplifiaient le fracas de l'Indusi. À cet endroit, une passerelle suspendue portait notre piste vers l'autre rive. Des paquets d'embruns maltraitaient le pont qui tanguait dangereusement. Les gardes étaient descendus de leurs montures réticentes et les tiraient par la bride. Les cordages de la passerelle grinçaient et au-dessous, le fleuve mugissait et bondissait dans son étau de roc.

Soudain l'air se mit à vibrer si fort que sur le pont, hommes et bêtes se pétrifièrent. Un sinistre claquement se répercuta contre les parois. Du coude des gorges, nous vîmes surgir un mur liquide qui déferlait au-dessus des vagues. Il était brun, presque noir, et projetait devant lui des blocs de pierre arrachés aux falaises. Une onde de terreur nous submergea. J'eus à peine le temps de me cramponner aux épaisses cordes que la vague monstrueuse s'engouffra dans le verrou rocheux. Aux deux extrémités du pont, l'eau prit d'assaut la falaise. La vague courut le long du roc et balaya tout sur son passage. Puis sa crête écumante percuta le pont. Hommes et bêtes furent projetés dans le vide, aspirés par le souffle de la monstrueuse cataracte.

Je fus tiré de mon inconscience par la douleur fulgurante qui traversait mon crâne. Je me trouvai dans une cavité rocheuse. En contrebas, l'Indusi rugissait entre les parois des gorges. Y plonger entraînait une mort certaine. Au-dessus, la falaise s'étirait indéfiniment vers le ciel, aussi lisse que les remparts d'une citadelle. Découragé, je posai ma joue sur la pierre humide. C'est alors que j'aperçus, au fond de mon refuge, une brèche obscure. L'ouverture était assez large pour s'y glisser et je m'y aventurai. Le grondement de l'Indusi s'estompa rapidement. Mes chaînes pesaient et s'accrochaient au moindre repli du rocher, mais je persistais à progresser à tâtons dans le boyau obscur. Mes mains avaient beau chercher le chemin, je ne cessais de me heurter à la roche froide et aiguisée. Je perdis très vite la notion des heures, car dans ce monde souterrain le temps n'existait pas. Pour me donner courage, je pensais à toi, à ton beau visage, mais cela me rappelait aussi ta mort prochaine et la tristesse me submergeait. Perdu dans ce néant sans fin, je fus bientôt à bout de forces. Résigné, je laissai mon corps meurtri glisser contre le roc froid. L'idée de te retrouver bientôt dans les jardins d'Allah me consola et je me résolus à attendre patiemment la mort. C'est alors que je vis, flottant dans l'insondable noirceur, un point de lumière. Je rassemblai mes dernières forces et me dirigeai vers lui.

Devant moi s'ouvrit une combe circulaire, sinistre et silencieuse, un large puits sur lequel reposait le couvercle profond du ciel. Ses parois infranchissables s'évertuaient à aller chercher très haut les derniers rayons du crépuscule. Au centre de la combe se dressait un immense rocher. Le ventre vide, la gorge sèche, je m'abandonnai à la douleur de mes pieds écorchés et me roulai en boule sur la pierre. Je remarquai alors, juste à portée de main, un buisson épineux chargé de baies rouges et juteuses et je m'empressai d'en cueillir une. Même à peine la portai-je à mes lèvres que mes yeux furent frappés d'une lumière aveuglante. Le puits se couvrit d'épaisses ténèbres et un vent furieux se leva. J'entendis un cri épouvantable et la terre fut ébranlée. Les nuées s'engouffrèrent dans la combe et tourbillonnèrent au-dessus du buisson. À peine l'eussent-elles touché qu'il s'enflamma et qu'une tornade ardente s'éleva vers le ciel et avala les ténèbres. Je vis alors la colonne de feu se muer en un terrifiant ifrit. Il était assis sur le gros rocher. Ses ongles griffus rutilaient comme des sabres et sa chevelure grouillait tel un nid de serpents. Deux yeux aussi gros que des lunes se posèrent sur moi, et sa voix tonitruante fit trembler les montagnes :

- Qui es-tu toi qui oses manger ma chair et boire mon sang ?

Je jetai un œil au buisson. Celui-ci n'était plus que cendres. De stupeur, je lâchai la baie qui roula sur le sol.
- Ô génie ! répondis-je. Je ne suis qu'un prisonnier perdu, assoiffé et affamé.

- Un prisonnier ! s'exclama l'ifrit de sa voix de tonnerre.

Le hideux géant descendit du rocher et la terre trembla. Il se pencha vers moi, approchant un peu plus ses deux astres pour reluquer mes chaînes.

- Par ma foi, il semblerait que tu dises vrai.

Et il partit d'un rire énorme.

C'était la première fois que je rencontrais un être surnaturel et mes cheveux se dressaient d'effroi.

- Libéré par un prisonnier ! ne cessait-il de répéter en se tenant le ventre. Il riait tellement que son pied crochu battait le sol. Les soubresauts de la terre étaient tels que je m'attendais à ce que le Tarkum s'ouvre en deux et m'avale pour de bon.

Devant tant de puissance, je me couchai sur le sol, et face contre terre je suppliai :

- Oh, puissant génie ! Par la bénédiction de Dieu, j'ai échappé à l'injustice des hommes, aux colères du fleuve et aux ténèbres de la terre. Vous qui vénérez le Très Haut et craignez son jugement, ne me faites point de mal.

L'hilarité du génie s'apaisa et il répondit d'une voix terrible :

- N'aie crainte mon garçon. Tu ne mourras point si tu me sers bien, car de toi j'ai besoin pour réaliser mes desseins.

Je savais les ifrits doués d'un esprit malfaisant, mais si je voulais vivre, je n'avais d'autre choix qu'obéir. Le géant gloussa de contentement. Il me présenta un poignard au manche serti de diamants. Il approcha sa bouche hideuse grande comme une caverne, et de son haleine fétide me dit :

- La sorcière qui m'a emprisonné dans ce ravin secret s'appelle Chahiya. Elle fut mon épouse autrefois. Je veux que tu la tues avec ce poignard et que tu me ramènes l'anneau qu'elle porte au doigt comme preuve de sa mort.

Je levai un regard incrédule vers le génie et demandai avec déférence :

- Mais, ô puissant ifrit, avec tous vos pouvoirs, ne pourriez-vous accomplir cette tâche par vous-même ?

- Ma magie ne peut rien contre cette femme,

répondit le géant. Seules des mains innocentes pourront accomplir cette besogne.

Comme je le regardai, il dit encore :

- Tes mains liées sont-elles innocentes ?

- Si l'amour n'est pas un crime, alors je suis innocent, répondis-je en tremblant.

Ma première volonté était d'échapper à ce lieu maudit. Une fois loin du Tarkum, que pouvait donc me faire ce génie malfaisant ? J'acceptais donc, dans l'idée de ne point exécuter son ordre et de ne point revenir. Mais l'affreux géant lisait en moi comme dans un livre ouvert, et il rajouta :

- Ton esprit est tourmenté et ton cœur saigne. Exauce mon désir et en retour je réaliserai trois de tes vœux.

La perspective était alléchante, et à l'idée de pouvoir changer le cours de mon destin et te sauver de la mort, je fis donc à l'ifrit la promesse de revenir. L'affreuse créature partit d'un rire énorme, puis elle claqua des doigts et dans ce claquement de foudre mes chaînes se délièrent et tombèrent sur le sol. Un tourbillon de poussière m'enveloppa et l'instant d'après je tombai du ciel et roulai sur le sable blanc du Sindar. Désorienté par mon fulgurant voyage, je mis de longues minutes pour reprendre mes esprits. J'aurais pu croire à un rêve si mes narines n'étaient encore emplies de l'haleine pestilentielle du monstre et si à ma ceinture ne se trouvait le poignard serti de diamants.

Je me situais sur le faîte d'une dune assez haute pour contempler l'immensité du désert. Au creux de la dune se lovait une tente. Je ne doutais pas que Chahiya s'y trouvât. Deux mules somnolaient près d'un puits sous les palmes d'un unique dattier. Je décidai d'attendre la nuit dans l'espoir que la vieille femme s'endorme pour mieux lui dérober la bague et m'enfuir sans lui ôter la vie. Après tout, le génie ne saurait pas qu'elle eût été épargnée. Mais l'idée qu'elle fut une sorcière me taraudait. Étant pris sur le fait, elle pouvait me transformer en une créature immonde ou encore m'emprisonner pour toujours dans les tréfonds d'une caverne. L'existence de l'ifrit, qui fut autrefois son époux, prouvait combien sa sorcellerie était grande et cela me glaçait d'effroi.

Arriva le moment où la lune rousse émergea. Je m'approchai du point d'eau à pas légers afin de ne pas réveiller les mules qui, par un grognement de surprise, auraient pu trahir ma présence, puis me dirigeai vers la tente. La langue sèche et les oreilles bourdonnantes de crainte, j'écartai le pan de toile et fus frappé par l'obscurité et le silence du lieu. La vieille femme était-elle absente ou dormait-elle déjà ? Peut-être connaissait-elle ma venue et se terrait-elle dans un coin sombre pour mieux fondre sur moi ? Les sens en alerte et le poignard en avant, j'avançai dans la pénombre. Mon pied buta soudain contre un corps mou. La vieille Chahiya dormait et je venais de la réveiller. Elle fixa sur moi un regard glacé et la terreur me submergea. Ses deux mains étreignirent ma gorge à l'instant où mon poignard traversa la sienne. Ses yeux hébétés perdirent soudain leur éclat lunaire et un râle rauque s'échappa de sa poitrine. Elle était morte et je tremblais de tous mes membres. Dans l'obscurité je trouvai sa main ridée et découvris l'anneau à son doigt. À peine l'avais-je ôté que se levèrent de puissantes bourrasques de sable et je me retrouvai dans la combe au pied de l'ifrit. Ses deux lunes louchèrent sur la bague que je lui présentais et le Tarkum se mit à trembler sous son rire de tonnerre.

Il prit le bijou puis me dit :

- Tu as été fidèle à ta promesse et je serai fidèle à la mienne. Quel est donc ton premier désir ?

- Ô puissant et généreux ifrit, répondis-je, mon premier désir est de ramener à la vie un ami qui m'était très cher.

Mais le géant répondit :

- Seul Celui qui a créé le Monde a le pouvoir de vie et de mort. Ce que tu me demandes est au-delà de ma magie.

Un profond découragement m'envahit. Je t'avais définitivement perdu. Mais je pouvais encore te rendre justice. Le seul but de ma vie était désormais de te venger de la traîtrise de mon oncle et de la condamnation du roi. Je demandai alors à l'ifrit de me donner un palais inviolable, assez de richesses pour alimenter mes desseins et une armée capable de dévaster un royaume.

L'ifrit exauça sur-le-champ mes trois vœux. Une forteresse emplie de richesses innombrables apparut sur le grand rocher au milieu de la combe, et une armée de mille cavaliers se matérialisa dans de profondes cavernes. Puis le géant avala la bague de Chahiya et s'évapora dans l'air.

Je m'installai dans mon palais et envoyai sur le champ des éclaireurs aux quatre coins du royaume afin de préparer ma vengeance. Avec l'oncle Ghanem, ce fut facile. On le retrouva, la bouche emplie de sequins d'or, étouffé par sa propre richesse. Beaucoup le considéraient comme un marchand pingre dénué de scrupules et peu le regrettèrent. Sa fortune amassée retourna aux plus pauvres.

J'appris alors que la mort t'avait épargnée et que tu résidais au palais. La nouvelle me remplit d'une folle allégresse et après avoir remercié le Très Haut, j'envoyai vers toi mon plus rapide destrier volant. Et te voilà désormais auprès de moi.

Tayeb, qui avait écouté avec grand intérêt le récit de Jafar, lui dit alors :

- L'autre moitié de ta vengeance n'a plus lieu d'être car le roi Abd al-Bassir est mort et son fils lui a succédé.

- Ma vengeance reste intacte, répondit Jafar, car Hassan est comme tous les souverains, condamnant ceux qu'il méprise, même innocents.

- Détrompe-toi, le roi a un cœur noble. Dieu m'a épargné de la lapidation et Hassan s'est soumis à Son jugement. Il s'est bien conduit à mon égard. Il m'a accueilli, s'est montré bienveillant et a fait de moi son serviteur.

- Son serviteur ? s'étonna Jafar. Ne dirais-tu pas

plutôt son esclave ?

- Serviteur est le mot juste, insista Tayeb. Le roi a promis de m'ouvrir les portes de son palais quand Dieu le décidera.

- Et Dieu l'a décidé, car te voilà ici ! s'écria Jafar. Nous savons tous deux notre amour au-dessus de la loi des hommes.

- Mais pas au-dessus de celle du Tout-Puissant, répondit Tayeb.

Un voile de déception obscurcit soudain le regard de Jafar.

- Hassan me libérera sur ordre de Dieu, continua Tayeb. Pour l'instant, mes journées iront à mon souverain, et si tu me l'accordes, mes nuits seront pour toi.

Mais Jafar ne l'entendait pas de cette oreille.

- Pourquoi ne profiter que de nos nuits ?

Et il récita :

Je suis à toi depuis longtemps déjà,
  de toi je parle depuis toujours,
Toi, l'unique amour de mon cœur,
  toi, le seul compagnon que je veux !
Lumière de mes yeux, viens au bain,
nous y vivrons le paradis au beau milieu de la fournaise,
Puis nous ferons brûler l'encens
  dont le parfum partout embaumera les lieux.
Les mauvais coups du sort, nous les effacerons,
nous rendrons grâce à la miséricorde du Seigneur,
Je chanterai, lorsque je te verrai ici-bas,

ô mon amour, et je te souhaiterai mille bonheurs ! [23]

Il présenta ensuite à Tayeb un poignard au manche incrusté de diamants, le même qui avait traversé la gorge de la vieille Chahiya, et lui dit :

- Retourne au palais et tue Hassan. Nous pourrons alors goûter l'ivresse aussi bien le jour que la nuit.

- Tu veux que j'assassine un souverain ? demanda Tayeb, horrifié.

- Oui, répondit Jafar. Pourquoi partager ton existence entre lui et moi ?

- Parce que Dieu le veut.

- Tu n'as aucune idée des véritables desseins de Dieu, répliqua Jafar. Et moi je suis là, devant toi. N'est ce pas cela qui prime avant toute chose ?

- Tu voudrais que je prive un peuple de son bien aimé roi au nom de notre amour ? demanda encore Tayeb.

- Aucun homme, fut-il même le calife de Bagdad, ne saurait nous séparer.

- Tu ne peux pas rendre Hassan responsable du jugement de son père, répliqua Tayeb.

- Il le sera tant qu'il nous séparera comme l'a fait son père avant lui, répondit Jafar.

Une profonde rancœur s'empara de Tayeb qui s'écria :

- Maudit soit l'ifrit qui croisa ton chemin.

---

[23] Poème issu de la version des "Mille et Une Nuits" établie et traduite par Jamel Eddine Bencheikh et André Miquel.

- L'ifrit m'a sauvé la vie.

- Pour mieux pervertir ton âme ! répliqua Tayeb. Tu aurais dû fuir sans tuer cette vieille femme qui ne t'avait rien fait.

- L'ifrit avait fait la promesse d'exaucer trois de mes vœux, et le premier était de te rendre la vie, se défendit Jafar.

- Mais il n'en avait pas le pouvoir, rétorqua Tayeb, les larmes yeux. Dieu seul m'a épargné.

- Qu'aurais-tu fait à ma place ? demanda Jafar. Tayeb dit alors :

- Si ton cœur ne s'était pas empoisonné de haine, notre amour n'aurait à se nourrir que du battement de nos deux cœurs, et non du sang d'un souverain.

- Mon cœur est à toi !

- Et ma loyauté va à Hassan, répondit Tayeb, plein d'amertume et de tristesse.

Sur ces mots, il se détourna de Jafar, et sans un regard le quitta.

Quand Tayeb rejoignit le palais du roi, la noirceur de la nuit virait au bleu céruléen et les étoiles s'éteignaient. Il caressa l'encolure du cheval magique et, les yeux brûlants de larmes, dit à son oreille :

- Va, rejoins ton maître qui désormais n'est plus le mien.

À ces mots, le cheval s'ébroua puis s'envola en direction du Tarkum.

Tayeb regagna sa couche qui gisait au pied de celle du roi, puis s'adressa à Dieu dans un douloureux murmure :

- Ô Maître de toutes choses, où s'est donc enfui le temps où chaque instant auprès de Jafar était le plus beau de tes présents ? Quel était donc ce temps où chacune de ses paroles me semblait venir de toi ?

Aux premières lueurs de l'aube, Tayeb n'avait plus assez de larmes pour pleurer.

Un vide immense emplissait son cœur.

Les jours se succédaient sans que Tayeb ne parvienne à surmonter son chagrin. Jafar s'était éloigné de lui et rien dans ce bas monde ne parvenait à le consoler. Il se trouvait dans un tel abattement que le roi s'en inquiéta. Celui-ci ne savait rien du voyage de Tayeb dans le Tarkum ni de sa rencontre avec Jafar. Il pensait simplement que Dieu mettait l'amour de Tayeb à l'épreuve afin de lui signifier qu'il avait emprunté une mauvaise voie. Toutefois, l'affliction grandissante de son serviteur l'ébranlait et il décida de l'aider.

Un matin, Tayeb fut très surpris de se voir convoquer par le maître d'armes du palais. Le guerrier, qui répondait au nom de Makan, était bâti d'un seul bloc de granite. Courageux et vaillant, sa réputation avait dépassé depuis longtemps les frontières même du royaume.

Lorsqu'ils se firent face dans la cour du palais, Makan demanda à Tayeb :

- Connais-tu le maniement des armes ?

- Aucunement, répondit Tayeb. Mes mains n'ont appris qu'à naviguer, pêcher et remonter les nasses.

- Une bien noble activité, répondit le guerrier. Ne seraient-elles pas pourtant capables d'autre chose ?

- Combattre n'est pas dans mes principes, se défendit Tayeb.

Mais le maître d'armes n'entendait rien à cela.

- Un homme est un homme, déclara-t-il. Rejeter le combat n'est rien moins que lâcheté. Refuser de mettre à l'épreuve ta vaillance est un affront à Dieu lui-même.

Il dit encore :

- Combattre est une valeur morale indispensable à l'ascension de l'âme. L'art de l'attaque, la maîtrise de l'esquive, nourrissent tous deux la beauté du combat.

Il tendit un sabre à Tayeb en disant :

- Prends. Ordre du roi.

Si l'ordre venait du roi, Tayeb n'avait d'autre choix que de saisir le sabre. L'arme pesait tant sur son bras qu'il en fut pris de vertige. Mais Makan n'en avait cure et sans prévenir asséna un premier coup du plat de sa lame. Tayeb fut précipité au sol, ce qui n'empêcha pas Makan de continuer de le provoquer et de le harceler. Pour autant, Tayeb ne parvenait pas à trouver la volonté de se défendre. Il semblait même plutôt prompt à mourir. Plus Tayeb refusait le combat, plus Makan donnait force à ses coups, mais comme celui-ci n'avait aucune intention de le blesser et moins encore de lui ôter la vie, Tayeb se retrouva dans une situation inextricable. Quelques soldats dans un coin de la cour le raillaient ouvertement, tant et si bien que son impuissance finit par se muer en colère. Plus celle-ci s'emparait de lui, plus la lourdeur du sabre s'amenuisait. Arriva l'instant où, assaillie par l'assaut impitoyable du maître d'armes, la rage de Tayeb déborda et il para l'attaque. Le poids du sabre s'était estompé. Tout le ressentiment accumulé après tant de jours affluait vers son bras, et Makan sut si bien contenir et apprivoiser cette colère que Tayeb, jour après jour, parvint à acquérir une maîtrise qui l'étonna lui-même. Et au maître d'armes d'emprunter ce verset du Coran pour soutenir son enseignement :

Sois endurant, Dieu t'aidera dans ta constance.

L'hiver passa. De ces corps à corps quotidiens qui n'avaient rien de malveillants, Tayeb fut le premier surpris d'en ressentir une satisfaction. Plus qu'une lutte, il y voyait un jeu, une danse, et contre toute attente cette danse parvenait à éloigner les tourments de son âme.

Puis le printemps arriva, et par un matin tiède Makan s'effaça pour laisser place au roi Hassan lui-même. Tayeb en fut aussi étonné qu'intimidé. Lever son arme contre le roi lui paraissait inconcevable.

Mais Hassan brandit l'épée royale en s'exclamant :

- Ni serviteur, ni roi !

Alors Tayeb leva son sabre qui était désormais aussi léger qu'un rameau de figuier et répondit :

- Ni roi, ni serviteur !

Et sous l'œil affable de Makan, le combat s'engagea.

Hassan et Tayeb rivalisaient d'ingéniosité. D'estocades en revers, chacun mettait en échec les parades de l'autre. Les deux lames se croisaient, s'entrecroisaient sans qu'aucune ne parvienne à prendre le dessus. Ne persistait que l'éclat du combat, épée contre sabre, et dans cette joute s'épanouissait une virile communion. L'habileté de Tayeb dépassa les espérances du maître d'armes qui en fut fort ravi. *"Qui souffre avec patience accomplit une action méritoire"* disait très justement le Coran. Makan se souvint soudain de leur première rencontre et du mépris qu'il avait ressenti pour ce pêcheur sodomite qu'on avait soustrait à la lapidation. Un autre verset résonna alors comme une leçon à méditer :

Ceux que l'on raille valent peut-être mieux que les railleurs.

À cet instant, le sabre de Tayeb pourfendit l'air, sifflant si fort qu'il arracha l'épée de la main du roi. Celle-ci tournoya au-dessus des têtes puis vint se planter au pied du maître d'armes qui en fut abasourdi.

C'est ainsi que malgré lui, Tayeb parvint à imposer sa valeur aux autres soldats. Fallait-il donc, en ce monde, prouver sa valeur au combat pour qu'on cesse de juger la nature de ses désirs ?

Tayeb restait fort circonspect face à une telle

question.

Le roi, quant à lui, éprouvait la satisfaction d'avoir soustrait Tayeb à son marasme. Et de se rappeler le proverbe soufi :

L'optimisme vient de Dieu, le pessimisme est né dans le cerveau de l'homme.

Seul l'uléma voyait cela d'un mauvais œil. Dissimulé dans un recoin de la cour, il n'avait rien perdu du royal combat.

Vint le jour où, dans les ruelles de la ville basse, un homme au manteau noir se mit à colporter des propos insidieux sur le roi. Il apparaissait au coin des places et des venelles, le visage dissimulé sous une capuche, narrant l'histoire du sodomite sauvé par le faucon royal qui était devenu le favori de Hassan.

Le vizir envoya les gardes afin de le capturer pour le faire comparaître devant le souverain, mais l'homme restait aussi insaisissable que le vent.

Plus les jours passaient, plus la rumeur enflait. On disait dans les souks que l'âme du roi Hassan était pervertie et que la ville, telle la cité de Loth, allait subir les châtiments de Dieu. D'abord terrée dans les quartiers pauvres, la peur gagna les parties hautes de la ville si bien que les dignitaires eux-mêmes furent saisis d'effroi.

Le vizir, gardien de l'ordre, demanda audience auprès de son souverain et lui tint ses propos :

- Sire, la présence constante de votre serviteur à vos côtés a instillé le doute. Votre intégrité est menacée. Le peuple gronde. Seule la preuve de votre amour pour Nour parviendra à l'apaiser.

- Que me conseilles-tu donc de faire ? demanda Hassan.

- Il vous faut la reprendre à vos côtés, Sire, fut-ce par la force si celle-ci persiste dans son entêtement et son insoumission.

Après avoir médité ces mots, Hassan fit appeler l'uléma, gardien de la morale, et lui demanda :

- Toi qui m'as conseillé de cloîtrer mon épouse dans ses appartements, toi qui a sous-estimé son orgueil, que me proposes-tu de faire maintenant ?

L'uléma, qui n'en menait pas large, réfléchit un instant puis déclara :

- Sire, la seule et unique manière de rassurer le peuple est de tarir la source de ces rumeurs.

- Bien, dit Hassan. Mais encore ?

- Il vous faut bannir votre serviteur loin des murs de ce palais. Tayeb est un être impur et sa présence à vos côtés ne cesse de ternir votre éclat et affaiblir votre autorité.

- Mais, riposta Hassan, aurais-tu oublié que Dieu lui-même a désigné Tayeb pour être auprès de moi ?

- Sire, Dieu nous met chaque jour à l'épreuve. Ne l'aurait-Il pas plutôt envoyé afin d'éprouver votre pureté et votre foi en Lui ?

Hassan retourna dans ses appartements afin de méditer ces paroles. Certes, Tayeb n'était pas dénué de charmes, mais seul le désir ardent de caresser Nour lui importait. La force de son amour pour elle restait immuable malgré la présence de Tayeb, et le Très Haut en était le premier témoin.

Il écarta donc les conseils de l'uléma et se résolut à adopter ceux du vizir.

C'est ainsi qu'au milieu de la nuit, il partit d'un pas résolu vers les appartements de son épouse. L'idée de la prendre de force le rebutait, et il était décidé à la convaincre par ses mots et ses attraits. Mais à peine ouvrit-il la porte qu'il se figea de stupéfaction ; Nour n'était pas dans ses appartements.

Le roi réveilla le palais tout entier. Il fit fouiller toutes les pièces, les cuisines et les jardins jusqu'aux caves et aux écuries. Mais au petit matin, il dut se faire à l'évidence que Nour s'était bel et bien volatilisée.

C'est alors qu'Esma se précipita vers le roi :

- Sire, d'où vient ce désespoir que je le lis dans votre regard ?

- Mon épouse s'est enfuie ! hurla Hassan en s'arrachant la barbe.

- Cela ne se peut, Sire.

- Sa couche est vide, je l'ai vu par moi-même !

- Alors elle s'est envolée depuis peu, car je viens à l'instant de déposer auprès d'elle un plateau de fruits pour accueillir son réveil.

Hassan couvrit la face innocente de la jeune esclave d'un regard meurtrier, et d'une voix féroce lui dit :

- Si tu mens, je détacherai moi-même la tête de ton cou !

Et il s'en retourna vers les appartements de Nour.

Il la trouva dans son lit, plongée dans un profond sommeil, un plateau de fruits à sa portée dans l'attente de son réveil.

Tout sidéré qu'il était, Hassan approcha doucement. Il s'assit sur le rebord du lit et dévisagea son épouse. Il ne l'avait pas contemplée depuis bien des jours, et devant son incroyable beauté, son cœur faillit cesser de battre.

Il effleura sa joue et elle ouvrit les yeux.

Ils échangèrent un regard qui leur fit oublier tous leurs griefs, et en proie au feu de la passion, s'abandonnèrent l'un à l'autre.

Ils s'aimèrent ainsi pendant trois jours et trois nuits.

La nouvelle fut reçue avec bénédiction dans tous les foyers et le peuple rassuré s'apaisa. On chercha aux quatre coins de la ville l'homme au manteau noir qui avait médit sur la pureté des amours royales, mais celui-ci s'était évaporé.

Nour rayonnait. Elle avait retrouvé son époux, son fils et sa liberté. Son entêtement avait porté et c'est Hassan qui avait cédé. Elle en était très reconnaissante à Esma car sans ses escapades nocturnes dans la Grotte du Savoir, le poids de son enfermement aurait été tel qu'elle se serait jetée depuis longtemps aux pieds du roi.

Chaque nuit passée dans les bras de Hassan la comblait de bonheur. Elle le voyait encore plus passionné qu'au temps de leurs noces, la couvrant de cadeaux, l'inondant de caresses, la dévorant de baisers, et lorsqu'il entrait en elle, c'était avec tant d'exaltation que cela la plongeait dans un ravissement sans fin.

Toutefois, sa soif d'apprendre était également sans limites et ses voyages aux grottes cachées vinrent à lui manquer. S'y rendre de temps à autre l'aurait pleinement satisfaite, mais chercher un subterfuge la répugnait, car mentir aurait terni la sincérité de son amour.

Puis un jour Hassan survint. Il caressa son visage et lui dit :

- Ma reine, la charge de mon travail m'oblige à passer la nuit prochaine en compagnie du vizir. Mon cœur est lourd car la nuit qui s'annonce sera bien triste loin de votre parfum.

L'événement arrivait à point nommé, et Nour répondit :

- Votre devoir royal surpasse celui de l'époux et je m'y soumets humblement. Que le Très Haut vous ramène bien vite contre mon cœur car je languis déjà de vos baisers.

En cela, elle ne mentait pas.

Satisfait, Hassan s'absenta. Mais à peine eut-il quitté son épouse qu'il commanda à ses gardes de surveiller discrètement l'entrée de ses appartements et de l'avertir si la reine en franchissait le seuil. Car depuis qu'il avait découvert l'absence de Nour, un doute l'assaillait. Il avait tenté de se convaincre d'une divagation de son esprit, mais sa perplexité avait vaincu.

Malgré la culpabilité qui le taraudait, il rejoignit Tayeb et lui dit :

- Fidèle serviteur, va dans les jardins du palais et cache-toi dans l'allée qui passe sous le balcon de la reine. Restes-y toute la nuit s'il le faut, mais au moindre détail singulier, viens me prévenir.

Le soir venu, Tayeb descendit dans les jardins du palais. Il en profita pour respirer le parfum des roses et se laisser bercer par le chant des fontaines, mais cela ne put en rien combler le vide de son cœur. Car si l'art du combat avait apaisé sa tristesse, il n'en restait pas moins seul. Il avait tant espéré revoir Jafar, et Dieu avait exaucé son souhait, mais pour mieux l'éprouver, car il n'avait pas reconnu celui qu'il aimait. Jafar lui avait intimé l'ordre de tuer son souverain, mais qu'était leur amour, aussi grand fut-il, face au malheur de tout un royaume ?

À cet instant, le faucon de Hassan descendit dans la nuit et vint se poser sur son épaule.

- Ô bel oiseau ! Ne m'aurais-tu épargné des pierres de la mort que je serais aujourd'hui dans un tout autre jardin !

En réponse, l'oiseau se contenta de lover sa tête contre le cou de Tayeb qui le caressa en retour.

Puis il se souvint de l'immense armée que l'ifrit avait offerte à Jafar et cela le glaça d'effroi. *"Capable de dévaster un royaume"* avait-il dit, et Tayeb se demanda s'il convenait d'en avertir Hassan.

Il aperçut soudain la silhouette de Nour. Elle venait de sortir sur son balcon. Tayeb s'enfonça un peu plus dans l'ombre d'un laurier pour mieux l'épier.

Quelle ne fut pas sa stupeur lorsqu'il la vit s'élever dans les airs et passer par-dessus l'enceinte du palais !

Il eut la présence d'esprit de dire au faucon :
- Va ! Suis le tapis !

Et le rapace s'envola.

Le souffle court, Tayeb se précipita dans les appartements royaux pour avertir le roi de cet incroyable événement. Il trouva Hassan allongé devant un plateau de victuailles et une coupe de vin dans la main. Mais il toussait, toussait et toussait si fort que Tayeb fut pris d'inquiétude.

- Par Dieu, Sire, que vous arrive-t-il ?
- Je me désaltérais, répondit Hassan, de cette

coupe de vin...

Il ne termina pas sa phrase tant il étouffait. Son visage était cramoisi et ses yeux perdaient leur éclat.

- De l'aide ! cria Tayeb à qui pouvait l'entendre.

Le roi lui attrapa le bras, et à travers son désespoir murmura :

- Crois-tu qu'elle m'aimait ? Crois-tu qu'elle m'aimait vraiment ?

Sa langue avait pris la couleur du charbon.

- Son cœur est à vous, Sire, répondit Tayeb, désemparé.

Hassan esquissa un sourire douloureux, puis articula :

- Dis-lui... dis-lui qu'elle fut mon seul et unique amour.

À cet instant, un violent soubresaut le traversa puis tout son corps se relâcha. La coupe de vin s'échappa de ses doigts et le nectar empoisonné s'épancha sur le sol.

Il avait cessé de respirer.

Tayeb en resta raide d'effroi.

Derrière lui retentit alors un rire rugueux. Il se retourna. Une ombre se tenait là, enroulée dans un manteau plus obscur que la nuit, la tête recouverte d'une capuche encore plus ténébreuse.

- Par le Très Haut, qu'as-tu fait ? s'écria Tayeb, terrifié.

Jafar rabattit sa capuche en arrière. La folie habitait ses yeux.

- J'ai détruit ce qui nous séparait, répondit Jafar.

Je l'ai fait pour toi, et pour toi seul.

- Cet assassinat est un acte odieux et tu devras en rendre compte devant l'Unique !

- Peu importe, dit Jafar. Profitons de cette vie. Viens avec moi, et nous aurons le monde à nos pieds !

- Non Jafar, répondit Tayeb, déchiré. C'est à Hassan que j'appartiens.

- Il est mort désormais.

- Mais son esprit reste, répondit Tayeb.

Une étincelle de haine traversa le regard furibond de Jafar.

- Alors tu mourras aussi, dit-il d'une voix terrible. Tu mourras comme lui et comme tous ceux qui s'opposeront à moi. Je prends aujourd'hui ce trône et de ce royaume je ferai un enfer !

Le sabre de Jafar lança un éclat fulgurant.

Du coin de l'œil, Tayeb aperçut la lame du roi et s'en empara.

Dans la Grotte du Savoir, Nour se régalait du Qanûn d'Ibn Sina [24] quand Esma accourut, tout affolée.

- Ma reine, un grand malheur est arrivé !

La voyant d'une pâleur extrême, Nour la pressa :

- Parle. Qu'y a-t-il ?

Esma se prosterna, et face contre terre lui dit :

- Le roi est mort.

---

[24] Qanûn d'Ibn Sina : Canon d'Avicenne. Ouvrage encyclopédique de médecine médiévale rédigé par Ibn Sina (Avicenne), médecin et scientifique persan du XIe siècle.

- Que dis-tu là ?

- Empoisonné par une ombre introduite dans le palais.

Nour fut saisie de stupeur. Puis l'affliction fut si atroce qu'elle fut prise de vertige. Esma lui saisit la main et dit :

- Mais plus encore que cela, une terrible armée se prépare à fondre sur le royaume.

Nour eut l'impression que le monde s'ouvrait sous ses pieds. La première chose qui lui vint à l'esprit fut le danger que courait son fils.

- Khalid ! cria-t-elle. Je dois le sauver !

Esma eut alors assez de clairvoyance pour l'arrêter :

- Ma reine, sortir d'ici vous mettrait en trop grand danger. Je vous supplie de rester dans ces grottes qui sont un abri sûr. Faites-moi confiance. Mes sœurs et moi sommes à même de pouvoir soustraire le prince Khalid des mains de l'ennemi.

- Comment cela ? demanda Nour qui tremblait de peur.

- Le temps est venu pour nous de servir une cause juste. Hassan est mort, mais ce royaume a encore une souveraine et un héritier, et par ma vie nous les défendrons !

À ces mots, les yeux de Nour ruisselèrent de larmes, et elle baisa le front d'Esma.

On crut d'abord à un nuage qui s'effilochait au-dessus des Hautes Falaises, puis à une nuée d'oiseaux qui enflait au-dessus du Sindar. Mais lorsqu'on réalisa de quelle sorte d'oiseaux il s'agissait, la ville fut prise d'une inqualifiable terreur. On abandonna le port, les souks et les bains, on déserta les mosquées et les rues, on se terra, on s'enferma derrière les plus solides murs, et chacun fit la même prière :

Mon Dieu, mon Seigneur, mon Maître, en Ton nom et pour la gloire de Ton prophète Muhammad, que soient sur lui Tes prières et Ton Salut.
Toi qui peux toute chose, protèges les créatures que Tu as créées !

À l'approche de la horde des cavaliers volants, le ciel se mit à gronder. Leurs capes noires claquaient si fort dans le vent qu'on crut à un orage de grêle, et les sabres au clair envoyaient plus d'éclats de foudre que les plus grandes tempêtes. Une ombre sinistre recouvrit la ville, et ce nuage assassin s'abattit sur le palais. La garde accourut sur le champ et se leva courageusement contre ces trombes de guerriers qui fusaient des cieux. La bataille s'engagea dans les cours et les jardins. Une rumeur funeste enfla et monta si haut qu'elle parvint aux oreilles de Tayeb. Car sur les terrasses du palais, Tayeb combattait Jafar. L'épée royale ferraillait vaillamment contre le sabre félon. Tayeb appliquait avec talent ce que lui avait appris Makan : « *Sois endurant, Dieu t'aidera dans ta constance* ». Ces mots du maître d'armes, il ne cessait de les ressasser pour donner à son bras la force de continuer. Car le plus dur n'était pas de combattre Jafar, mais de tenir à distance la détresse qui l'assaillait.

De coups en estocades, de bottes en ricochets, les deux hommes avaient escaladé terrasses et créneaux et s'étaient vite retrouvés perchés en plein ciel. Autour d'eux, des nuées de cavaliers noirs montaient à l'assaut des plus hautes tours et cherchaient à entrer par toutes les portes et les fenêtres que chacun, du serviteur au soldat, défendait avec acharnement. Mais l'armée de Jafar était d'une telle multitude que la garde fut débordée. On entendit un grand fracas quand cédèrent les portes du palais.

C'est alors que de la mer monta une crête d'écume. Une écume dense faite de capes blanches qui flottaient, de sabres brandis qui étincelaient et de tapis qui ondoyaient. Et la vague immense sifflait dans le vent. Elle s'éleva, s'éleva et monta si haut qu'elle sembla un instant disparaître dans les plus hautes nues. Puis elle s'abattit sur la tourmente noire, la fendit et la traversa avec fureur.

Au mugissement des Fanatiques répondit le cri téméraire des Amazones, et au-dessus de la ville, le chaos devint indescriptible. Les sabres hurlaient, les chevaux se cabraient, les tapis valsaient, et au milieu de cette apocalypse, Tayeb et Jafar luttaient dans un corps à corps sans fin.

Esma entra dans le palais déjà investi. On se battait dans toutes les salles, et même des caves aux cuisines. À coups d'épée, elle fraya son chemin des bains jusqu'aux appartements. Elle arrêta la lame qui s'apprêtait à transpercer le prince Khalid puis s'empara de l'enfant. Elle sauta sur son tapis qui les emporta tous deux et, rasant les toits de la ville pour échapper au combat qui faisait rage au-dessus, rapporta l'enfant dans les bras de Nour. Puis elle retourna soutenir vaillamment ses sœurs.

La bataille dura trois jours et trois nuits sans que l'on puisse savoir qui l'emporterait. Dans leur opiniâtre combat, Tayeb et Jafar rivalisaient désormais sur le faîte de la plus haute tour du palais. Les créneaux sur lesquels ils couraient surplombaient la mer et le vertige était saisissant, mais eux étaient si accaparés par leur duel qu'ils ne s'en souciaient guère. L'aube du quatrième jour embrasait l'horizon, mais au-dessus de la ville, le ciel restait noir comme le charbon.

D'une ultime estocade, Jafar envoya l'épée royale par-dessus les créneaux et Tayeb se trouva désarmé.

- Sois à moi, le supplia une dernière fois Jafar.

De rage et de chagrin, Tayeb répondit :

- La mort plutôt que ton amour !

Les yeux fous de Jafar ruisselaient de larmes. Du fil de son sabre, il s'apprêtait à envoyer Tayeb rejoindre les profondeurs de la mer lorsque fondit sur lui le faucon du roi. Il planta ses serres puissantes dans la tête de Jafar. Celui-ci se débattit et perdit pied. Sidéré, Tayeb vit Jafar plonger dans l'abîme. Il mit un temps infini avant d'atteindre la surface de la mer, mais à l'instant où il la frappa, toute son armée se volatilisa. Les capes noires se déchirèrent, les chevaux s'éparpillèrent et tout s'effilocha autour des Amazones. Au-dessus de la ville l'obscurité se dissipa comme une nue dispersée par le vent, et le peuple rasséréné accueillit avec bénédiction la clarté d'un jour nouveau.

Il fallut de longs jours pour que le royaume panse ses blessures et que le palais se remette de ses dévastations. On pleura la mort du roi Hassan durant trente jours et trente nuits. À la lueur des chandelles et des lumignons, la ville fut à l'image de la voûte céleste.

Nour était la plus affligée. Son cœur saignait et son âme en peine errait dans d'obscurs corridors. Même les livres que lui apportait Esma ne parvenaient à apaiser son désespoir. Elle allait souvent dans les allées du jardin s'asseoir sur un banc pour pleurer en silence. Les rossignols tentaient bien de lui gazouiller quelques cajoleries, les paons de la distraire de leurs révérences et les roses d'embaumer son cœur, rien n'y faisait.

Un matin, alors qu'elle mirait son triste visage dans l'eau d'un bassin, elle entendit une voix chanter :

Les choses du monde telles que je les vois,
me font croire que tout est absurde.
Seigneur ! Dans tout ce que j'aperçois
je vois ma propre désillusion ![25]

---

[25] Omar Khayyâm.

À ces mots, Nour se retourna et découvrit un très beau jeune homme, assis sur le rebord du bassin voisin. Il pleurait. Sa silhouette ne lui était pas inconnue, et la natte qui serpentait sur ses larges épaules non plus. Elle connaissait également ces vers pour les avoir lus dans la Grotte du Savoir. Ils appartenaient à un ouvrage que bien des religieux auraient brûlé et son poète avec. Car chez Omar Khayyâm, le scepticisme se conjuguait à la foi.

Au milieu de ses propres larmes, elle récita à son tour :

Les cieux ne font que multiplier nos chagrins
ils ne nous laissent rien s'en venir l'arracher !
Oh ! Si ceux qui ne sont pas encore venus, savaient
combien ce monde nous tourmente, ils n'y viendraient
jamais.[26]

En apercevant la jeune femme, Tayeb lui jeta un regard éperdu puis se prosterna. Mais Nour eut tout de même assez de temps pour reconnaître son regard couleur des mers. Elle eut aussi assez de cœur pour oublier un instant sa propre tristesse et demander :

- Que fais-tu donc dans ce jardin qui est celui du roi ?

- Ma reine, je pleure la perte d'un père, la trahison d'un ami et la mort d'un souverain,

---

[26] Omar Khayyâm.

répondit-il. Car tous trois emplissaient la totalité de mon cœur.

- Hassan t'était-il si cher ? demanda Nour, intriguée.

- Je fus son serviteur, répondit Tayeb. Il avait promis de me libérer lorsque Dieu le déciderait, et aujourd'hui me voilà libre. Libre et perdu. Car j'ai lavé son honneur en tuant son assassin qui fut jadis tout mon empire, et désormais ma vie n'a plus de sens.

- Tout comme la mienne, soupira la reine.

Tayeb se rappela alors les derniers mots du roi. Il dit :

- Ma reine, avant que la mort ne l'emporte, ses ultimes paroles vous furent destinées. Son cœur était brisé de savoir qu'il ne vous reverrait plus. Il vous aimait avec passion.

Nour versa des larmes amères, mais cette idée la réconforta. Puis elle prit la main de Tayeb et dans un pâle sourire murmura :

- Notre conversation était moins triste à notre première rencontre.

- J'étais tourné vers la mer grondante et non vers les clapotis de ce bassin, ma reine.

Elle comprit alors que lui aussi l'avait reconnue.

Tayeb rajouta :

- Un voile recouvrait votre visage mais vos yeux étaient libres, et ces joyaux-là ne peuvent s'oublier.

Ils se sourirent. Le souvenir de cette époque d'insouciance les réconforta et ils s'étreignirent avec affection.

Une clameur monta soudain de la ville et passa par-dessus les hauts murs du jardin. Elles arrivaient, et avant même de les apercevoir, on entendit leurs capes claquer au vent. Le ciel se fit soudain d'une blancheur éclatante et les oiseaux eux-mêmes s'écartèrent devant les Amazones. En multitudes elles se répandaient au-dessus du palais et le visage de Nour s'illumina. Elles descendirent vers la reine et dans un doux feulement posèrent leurs tapis sur les allées de gazon. Beaucoup d'entre elles cachaient leurs blessures sous un foulard, arboraient un bras bandé ou encore un bâton pour soutenir une jambe meurtrie. Combien d'autres avaient donné leur vie pour que puisse continuer la ronde du monde ?

Lorsque Nour aperçut Esma, elle courut à sa rencontre et toutes deux s'embrassèrent avec effusion.

Puis Esma dit à Nour :

- Ma reine, le vent prend des directions inquiétantes. La succession de votre époux est annoncée mais votre nom n'est point prononcé.

- Le prince Khalid est le successeur de son père, cela doit être ainsi, ma bonne Esma.

- Ma reine, avant que le prince votre fils n'ait l'âge de gouverner, le vizir veut s'arroger cette charge, et cela ne se peut.

- Cela ne se peut ! reprirent en chœur les Amazones, bien décidées à faire entendre leurs voix.

Puis toutes se prosternèrent devant la reine qui

en fut fort émue.

Derrière elle, Tayeb se mit à chanter :

J'étais endormi, un sage m'a dit :
Du sommeil, nulle fleur joyeuse ne s'est épanouie !
Pourquoi te livrer à une chose qui ressemble à la mort ?
Bois du vin car, pour dormir, tu auras bien des vies ! [27]

Et il se prosterna à son tour.

Nour redressa la tête, et pleine de conviction déclara :

- En effet. Cela ne se peut !

Afin d'accéder au trône, Nour allait devoir affronter le politique et le religieux. Elle ne se souciait guère du vizir. Quant à l'uléma, Nour pouvait s'appuyer sur des sourates, mais sachant l'homme toujours prompt à détourner la parole du Prophète comme bon lui semblait, elle décida d'agir autrement.

Elle convoqua tout ce que la ville comptait de chefs de corporations, de nobles, de fonctionnaires et de hauts dignitaires, et lorsque cette assemblée fut réunie dans la salle des audiences, elle annonça :

- Je suis Nour, épouse du défunt et bien aimé roi Hassan - qu'il repose en paix en attendant le jugement d'Allah – et rien, ni devant les hommes, ni devant Dieu, ne m'empêche de lui succéder. De ce fait, je fais aujourd'hui valoir mes droits et me

---

[27] Omar Khayyâm.

déclare souveraine de ce royaume !

À ces mots, le vizir avança d'un pas et, soutenu par les chuchotements de désapprobation de l'assemblée, s'écria :

- Cela ne se peut, car jamais épouse de souverain ne gouverna un royaume !

Nour le regarda droit dans les yeux et demanda :

- Et qui verrais-tu succéder au roi ?

- Moi-même, répondit-il le menton en avant, et cela jusqu'à la majorité du prince Khalid. Je porterai avec honneur cette charge, ma reine. Telle est la loi en ce royaume.

- Cette loi est-elle écrite dans quelque livre ?

- Aucunement, ma reine, mais c'est une tradition ancestrale, répondit le vizir, outré d'être contredit.

- Un vizir qui confond loi et tradition, s'écria Nour. Cela ne semble pas très sérieux !

Dans l'assemblée, on se mit à glousser et le vizir s'empourpra.

Nour poursuivit :

- Épouser un roi, est-ce loi ou tradition ?

- Ni l'une, ni l'autre, ma reine. C'est un devoir sacré, répondit le vizir avec aplomb.

- Partager sa couche, est-ce loi ou tradition ?

- C'est un devoir sacré, ma reine.

- Lui donner un héritier, est-ce loi ou tradition ?

Et le vizir de répéter :

- C'est un devoir sacré, ma reine.

Nour vint se planter devant lui avec assurance.

- Aurais-tu à ma place épousé le roi, partagé sa couche et enfanté son héritier pour pouvoir, aux yeux du Sacré, prétendre au trône ?

Les rires fusèrent. Et face au vizir qui pâlissait d'impuissance et de honte, elle demanda encore :

- As-tu toujours quelque tradition à opposer à mon devoir de veuve ?

- Non ma reine, balbutia amèrement le vizir avant de s'incliner.

- As-tu toujours quelque loi à opposer à mon devoir de mère ?

- Non, ma reine, murmura le vizir, front contre sol.

- Bien, dit-elle, dans ce cas, l'affaire est réglée. Je régnerai, et Khalid, le fils du roi, me succédera !

À cet instant, le faucon royal vint se poser sur l'épaule de la reine, brisant dans leur élan les ultimes réprobations. L'assemblée fut si impressionnée qu'on entendait désormais les mouches voler.

Nour appela alors Tayeb qui fit un pas en avant. Elle le désigna et dit :

- Au risque de sa vie, et malgré la douleur de son cœur, cet homme a lavé l'honneur du roi en punissant de mort son assassin. Par ce fait, il a fait preuve d'un immense courage et d'une irréfutable loyauté. Avant d'être au service du roi, il fut pêcheur. De basse extraction, il a donc connu les affres de l'indigence et connaît la juste valeur de toute chose. Je le rencontrai à cette époque et fus pourtant séduite par la vivacité, l'audace et la noblesse de son esprit. Pour toutes ces raisons, je le nomme aujourd'hui vizir de ce royaume !

Approuvant ces mots, le faucon royal quitta l'épaule de Nour pour venir se poser sur celle de Tayeb.

Mais le vizir destitué ne se laissa pas impressionner par cette marque divine. Il protesta à nouveau :

- Ma reine, attribuer les charges de l'État à un sodomite ? Vous n'y pensez pas !

Nour le toisa et demanda :

- Pour quelles raisons le roi Hassan vous proposa-t-il le vizirat ?

- Parce que je fus déjà loyal et compétent sous le règne de son père, répondit le vizir en bombant le torse.

- Dans ce cas, pour quelles raisons son père le roi Abd al-Bassir vous proposa-t-il autrefois cette charge ?

- Pour ma loyauté et mes compétences, répondit-il avec plus de véhémence encore.

- Parfait ! répondit Nour.

Comme le vizir la regardait sans comprendre, elle continua :

- Le roi Abd al-Bassir vous avait-il préalablement demandé par quel orifice vous preniez votre épouse pour s'assurer de votre loyauté et de vos compétences ?

La foule fut prise d'un rire si énorme que le vizir, humilié, fut obligé de quitter la salle sur-le-champ. Quant à Tayeb, ému par tant de reconnaissance, il se prosterna devant la reine et lui baisa les mains.

L'assemblée était désormais subjuguée par l'intelligence et l'éloquence de la reine.

Nour se tourna ensuite vers la vieille Soraya et lui dit :

- Toi qui as voué ta vie à élever ton esprit aux plus hauts degrés de la science religieuse, je te nomme aujourd'hui gardienne de la religion !

À ces mots, l'uléma s'empourpra et protesta :

- Ma reine, cela ne se peut. Une femme à ce poste est inconcevable. Dieu ne le permettra jamais !

Nour le regarda et répondit :

- Cette réaction montre combien ta connaissance des choses divines est pervertie par ton arrogance et ton ambition. Car ce que tu m'opposes ici, uléma, est irrecevable. Aucune parole sacrée ne spécifie clairement que la spiritualité des hommes est supérieure à celle des femmes. En leur temps, les épouses du Prophète elles-mêmes en furent la preuve. Nierais-tu qu'elles aient eu moins de spiritualité que toi ?

- Non ma reine, bredouilla-t-il, ce serait faire un affront au Prophète et à Dieu lui-même.

Nour leva un sourcil :

- Tu me disais à l'instant que Dieu ne permettrait pas qu'une femme soit nommée gardienne de la religion et tu déclares maintenant que ce serait un affront de ne pas le faire. Voilà un paradoxe fort ennuyeux pour un homme de foi !

L'uléma, blême, ne sut quoi répondre.

Nour poursuivit :

- Je nomme aujourd'hui Soraya au rang d'uléma, indépendamment de sa condition de femme, parce qu'elle connaît et sait commenter les textes sacrés avec justesse, discernement et intégrité !

Impuissant et humilié, l'uléma fut contraint de contenir sa rage.

Quant à Soraya, elle se prosterna devant la reine et lui baisa les mains.

Puis, se tournant vers l'assemblée, Nour récita les vers de Hâfez :

Oui, des prêcheurs d'austérité le triste règne est passé !
Voici celui des bons Vivants et de la libre-Pensée ! [28]

Nour se tourna ensuite vers son esclave Esma et lui dit :

- Pour m'avoir ouvert les portes de la connaissance, je te nomme aujourd'hui gardienne des écrits. Tu auras la responsabilité de sortir les livres entassés dans les grottes afin de créer dans cette cité une bibliothèque qui rayonnera sur le monde. Mais plus encore, tu auras la charge d'organiser l'apprentissage de la lecture pour tous les enfants de ce royaume, qu'ils soient de basse extraction ou de haut lignage, qu'ils soient garçons ou filles !

Et Esma se prosterna devant la reine et lui baisa les mains.

---

[28] Encyclopédie de l'Islam.

Remerciées pour leur courage et leur loyauté, les Amazones furent couvertes de richesses et leur fut donné le privilège de vivre où et comme bon leur semblerait.

Aux veuves du feu roi Abd al-Bassir, à ses concubines et esclaves du harem qu'elle couvrit d'or et de cadeaux, Nour déclara :

- Vous êtes libres désormais d'aller où bon vous semble et de fonder une famille si cela est votre souhait.

Elle couvrit d'honneur le général Makan qui avait défendu la ville avec bravoure puis lui ordonna de former de nouveaux soldats.

Quant à sa garde personnelle, Nour la constitua avec autant d'hommes que de femmes. Elle éleva également aux rangs de notable et de haut dignitaire des esprits droits et compétents, qu'ils soient hommes ou femmes, afin que règne une justice équitable pour tous les hommes et pour toutes les femmes. Car Nour avait avant toute chose le cœur juste et bon. Quant à Khalid, fruit de son amour avec Hassan, elle l'éleva avec affection, et lui prodigua son savoir et sa sagesse jusqu'à ce qu'il soit en âge de gouverner à son tour.

ÉPILOGUE

Il a fallu le jour entier pour que Shapur conte son histoire. Les enfants l'ont écouté sans piper mot, ébahis par tant d'aventures. L'instituteur les dévisage un à un comme s'il interrogeait l'avenir du monde. Dans leurs yeux brille un éclat nouveau. Il espère que la graine plantée poussera en eux de la meilleure des façons.

Puis son regard se pose sur Shereen. C'est du visage de l'institutrice qu'il s'est inspiré pour dépeindre la beauté de Nour. Le sourire qu'elle lui adresse désormais n'a plus rien de comparable avec ceux, distants, dont elle lui avait fait grâce jusque-là. Celui-ci rassemble à une douce caresse qui lui donne un fol espoir.

Le soleil s'apprête à plonger derrière le roc d'Alamut et l'ombre monte dans la combe. Seule la cime des peupliers capte encore ses derniers rayons. Au-dessus, la montagne rougeoie. Sous la voûte des frênes, les rouges-queues noirs se sont tus. Une brise légère s'est levée, faisant frémir les touffes d'armoise.

Shapur quitte le rocher qui lui a servi de siège. Shereen et tous les écoliers se lèvent à leur tour, et tous reprennent le chemin du village, garçons et filles mêlés, sans autre considération que d'avoir vécu la même aventure, l'esprit empli de merveilles, le cœur gonflé d'espérances, impatients d'affronter, à l'image de Nour et Tayeb, les mystères qui les attendent.

Et tous de prier avec ferveur :

Gloire à Toi, ô Seigneur, Louanges à Toi,
Puisse Ton divin Nom être béni,
Puissent Tes bienfaits s'élever bien haut.
Certes, il n'y a pas d'autre divinité que Toi.

SONGE ROUGE

« *Que tes principes ne t'empêchent jamais de faire ce qui est juste.* »

Isaac Asimov - *Fondation*

Voilà un bon quart d'heure qu'il traversait le champ de pavots. Il en avait encore pour un moment, car l'étendue était sans fin. Il s'agissait d'un véritable océan de fleurs, abreuvé à l'est par la rivière Khanabad et à l'ouest par les méandres de la Kunduz. D'où il se trouvait, il ne voyait devant lui qu'un parterre au vif éclat grenat courant jusqu'à l'horizon. Au-dessus, l'azur était profond. Sa main écartait les abeilles qui cherchaient à butiner son nez, alors qu'il fixait avec attention l'étroit chemin qui se dessinait, à peine visible tant les pavots poussaient serrés. À cette heure déjà chaude, corolles ouvertes, ils flamboyaient.

Cette splendeur monochrome appartenait au seigneur des pavots. Son père. Aujourd'hui, ils auraient dû parcourir le chemin ensemble mais la maladie le tenait alité. Dans toute la vallée, on ne faisait plus mystère que Dieu allait sous peu le rappeler à Lui. Ainsi, le temps des jeux finissait. S'annonçait celui des responsabilités. Il entendait encore son père lui dire ce matin même :

- Maintenant va, conclus cette union. Il est temps, mon fils, que nous possédions ce qui nous a été promis.

Sa mère avait rajouté :

- Fais-toi beau, Najib. Et en traversant le champ de pavots, cueilles-en un bouquet. C'est la seule chose qui aura une vraie valeur à ses yeux.

Elle l'était également aux yeux du tuteur de la jeune fille, car le pavot était la seule richesse qu'il ne possédât encore.

Najib et Eshani avaient vu leur destin scellé depuis leur plus tendre enfance. Aujourd'hui, le père d'Eshani n'était plus de ce monde et c'est au fils, Sanjar, qu'incombait la responsabilité du mariage.

Najib connaissait bien le jeune seigneur des chevaux. Leur amitié remontait au temps où ils avaient appris à chevaucher ensemble. Cette visite n'était donc qu'une formalité.

Pourtant, une appréhension taraudait Najib. Il n'avait pas revu Eshani depuis le grand bouzkachi[1] de Mazar-e Charif. Il se souvenait d'une petite fille aux longues nattes brunes qui tenait encore tout entière dans les bras de son père. Les années avaient passé et elle devait désormais approcher de ses quinze printemps. Était-elle devenue aussi belle qu'on le prétendait ?

Le jeune Afghan en était là de ses réflexions lorsqu'il arriva au *grand mouton blanc*. C'est ainsi qu'on appelait ce roc de calcaire, si blanc qu'on

---

[1] Bouzkachi : sport d'équipe équestre au cours duquel les cavaliers se disputent une carcasse de chèvre. Considéré comme le sport national d'Afghanistan, le bouzkachi fait partie des traditions les plus anciennes du nord du pays.

l'aurait cru sorti d'une carrière de marbre. Sa présence en ce lieu constituait une énigme. Avait-il chuté des tréfonds du ciel ou était-il arrivé là par la main de l'homme, Dieu seul connaissait la réponse. Ce rocher marquait toutefois le centre du champ et, sur ce sentier qui le traversait, la moitié du chemin. On y faisait une pause pour se désaltérer, non que le voyage fût exténuant, mais il permettait, une fois sur son faîte, de repousser les limites du regard pour mieux contempler ce tapis grenat qui semblait à lui seul recouvrir la Terre entière.

Najib ralentit le pas puis, sous l'effet de la surprise, s'arrêta tout à fait. Car sur cet îlot posé au cœur de l'immensité se dressait un homme. Il était vêtu d'un tchapane [2] blanc aux bordures tissées d'or. Sous le soleil, l'habit irradiait d'une lumière aveuglante. Dans la ceinture en cuir qui ceignait sa taille était glissé un tchoura [3] au manche incrusté de nacre. L'homme lui tournait le dos, occupé à observer l'horizon, tel une statue qu'un sculpteur habile aurait fait surgir de la roche brute.

Finalement, percevant une présence, l'homme se retourna.

- Ahlan, Najib, s'écria-t-il d'une voix enjouée.

Le salut était familier, car en vérité ils se connaissaient.

- Que la paix soit sur toi, Sanjar.

---

[2] Tchapane : habit traditionnel d'Asie Centrale.
[3] Tchoura : poignard traditionnel afghan.

Tous deux avaient à peine vingt ans. Déjà hommes, la peau hâlée, la barbe noire, le regard fier.

- Je t'attendais, dit Sanjar.

- Ta présence m'honore, répondit Najib, autant qu'elle me surprend.

- Aucun mystère dans tout cela. Tu viens de ce pas demander la main de ma sœur. Quoi de plus naturel, mon ami, que d'aller au-devant de toi.

- Tu m'en vois ravi. Dans ce cas, descends de ce rocher et pressons-nous. N'éprouvons pas la patience d'Eshani, nous discuterons en route.

Mais Sanjar n'en fit rien. Il se contenta d'ouvrir sa besace pour en sortir une outre qu'il tendit à Najib.

- Bois, l'eau est encore fraîche.

Pour atteindre l'outre, Najib n'eut d'autre choix que d'escalader à son tour le *grand mouton blanc*. À dire vrai, le rocher était à peine plus haut que les oreilles d'un cheval.

Najib se désaltéra comme la coutume le demandait.

Sanjar embrassa d'un geste l'espace tout entier et murmura presque pour lui-même :

- Le pavot. Ses graines sont pour l'huile et la pâtisserie, ses feuilles et son suc pour apaiser les douleurs du corps et de l'esprit.

Il but à son tour puis se tourna vers Najib.

- Tu seras bientôt maître de cette richesse.

- Tout comme tu as hérité de ton père les steppes au-delà de la Khanabad et sur lesquelles courent tes mille chevaux, déclara Najib. Nous serons bientôt frères et partagerons tout cela.

- Frères, dis-tu. Est-ce vraiment ce que tu souhaites ?

Sanjar avait prononcé ces mots d'un air détaché tout en s'asseyant sur le rocher. Najib n'eut d'autre choix que faire de même, quelque peu intrigué.

- Telle fut la décision de nos pères, énonça-t-il. Unir nos familles afin de partager nos biens.

- Tu dis vrai, affirma Sanjar. Mais où est le cœur dans tout cela ?

- Le cœur ? s'étonna Najib. La raison dicte ce mariage. L'amour viendra plus tard.

- L'amour. Que sais-tu de l'amour ? Eshani pourrait t'éconduire.

- Cesse de plaisanter, rétorqua Najib en riant. Ta sœur ne saurait aller contre ta volonté.

- Ma volonté ? Et s'il me prenait l'envie de ne pas t'accorder sa main ?

- Mais ton père…

- N'est plus de ce monde, coupa Sanjar.

Najib perdit son sourire tant les mots de son ami le stupéfiaient.

- Est-ce là tout le respect que tu portes à la tradition, Sanjar ? Tu connais comme moi les deux façons d'obtenir honorablement ce que l'on convoite : le mariage et la guerre. Il en est ainsi depuis la nuit des temps. Ni Eshani, ni moi n'avons notre mot à dire sur l'accord de nos pères. Quant à toi, il te faut l'honorer.

- Le cœur d'Eshani est à un autre. Cela fait des mois qu'elle me supplie de ne pas conclure ce mariage, et des mois que je retourne le problème en tous sens.

- Voyons, Sanjar, nos deux tribus attendent cette union depuis des années. Par amitié pour toi, peut-être oserais-je m'opposer à mon père, mais il est le seigneur des pavots, et c'est contre un peuple entier que je me dresserais.

- Et moi ? rétorqua Sanjar. Que crois-tu que je suis en train de faire ?

- Tu déraisonnes ! protesta Najib. Voilà ce que tu fais. Est-ce la guerre que tu veux ? Que nos familles se déchirent ? Que nos tribus s'entretuent ? Que tes chevaux dévastent ce champ ? Que le rouge de ces pavots soit recouvert par celui du sang ?

Sanjar partit d'un rire énorme.

- La guerre, se moqua-t-il. Allons, mon ami, pour qui me prends-tu ? N'y aurait-il pas une autre voie pour arriver à nos fins ? Ne sommes-nous pas, tous deux, de la même folie ?

Perdu, Najib demanda :

- De quelle folie parles-tu ?

- De celle qui nous habite, répondit Sanjar. Celle qui porte nos rêves. N'as-tu point de rêves ?

- Qu'importe ! Nous sommes tous deux responsables de nos tribus. Il nous incombe de leur assurer sécurité, santé et prospérité. Notre devoir passe avant nos rêves.

- Tu te trompes, répliqua Sanjar. Devoir et bonheur ne s'opposent pas forcément.

Najib n'entendait rien au raisonnement de Sanjar. Il se gratta la barbe ; pour lui, ces paroles n'avaient ni queue ni tête.

Pourtant l'autre insistait :

- Allons, ne te fais pas prier, raconte-moi ton rêve le plus fou.

Najib fut pris au dépourvu. Certes il avait un rêve, mais bien trop intime pour le confier à quelqu'un, si inaccessible, si inavouable, qu'il ne lui permettrait jamais d'atteindre les oreilles de Sanjar. Un rêve impossible qu'il fallait oublier. Il se pencha et attrapa un pavot qui passait par là. Instinctivement, il le porta à ses narines puis, le nez noirci de pistils, se mit à l'effeuiller, l'esprit lointain, laissant les pétales rouges s'échouer sur la blancheur du rocher.

Le soleil quittait le zénith et entamait sa descente. Le grenat du champ commençait à capter les ors de l'après-midi et virait peu à peu au vermillon.

- Et toi, demanda Najib, de quoi rêves-tu ?

Sanjar se contenta de plonger la main dans sa besace. Il en sortit une poignée de dattes. Voyant cela, Najib comprit que sa visite à Eshani était bel et bien contrariée. Il insista pourtant une dernière fois :

- Il est temps d'y aller, Sanjar. Ta sœur nous attend.

- Au diable le temps, s'écria Sanjar avec une

pointe d'agacement. Je suis trop libre pour m'y laisser prendre.

Il tendit une datte à Najib :

- Mange, et écoute ce que j'ai à te dire.

À contrecœur, Najib obéit. Comme Sanjar s'allongeait sur le rocher, il fit de même. Leurs yeux plongeaient désormais dans la voûte azurée.

- Voilà quelques jours, commença Sanjar, j'ai croisé le chemin d'un homme fort singulier. Sa peau était aussi sombre que le plus noir des charbons. Je n'avais jamais rien vu de tel et, comme je l'observais avec insistance, il me dit :

- Si la couleur de ma peau te dérange, demande des comptes à Dieu !

Comme il souriait, un croissant de lune se dessina sur son visage de nuit.

Il venait d'une terre étrangère car son habit m'était parfaitement inconnu. Je lui demandai ce qu'il faisait si loin de chez lui.

- Je voyage, déclara-t-il, je parcours le monde. On m'a parlé d'une riche cité sur l'autre rive de l'Amou Darya. On dit que ses mosquées sont d'une grande beauté. Mais vois-tu, comme en cette saison le soleil passe au zénith, je ne peux me fier à lui, et dans cette immense platitude je me suis quelque peu égaré.

Je pointai alors le nord en disant :

- Si c'est la cité de Samarcande que tu cherches, elle se trouve dans cette direction. Mais il te faudra encore de nombreux jours pour y parvenir.

Le soir approchait et je lui proposai le gîte. Je lui fis les honneurs de ma maison et plus tard, devant l'âtre, il se confia à moi :

- Je me prénomme Abeed et suis originaire d'une île d'Afrique appelée Zanzibar. Enfant, je fus capturé par des pirates qui m'échangèrent contre trois livres de sel à un riche marchand arabe. Ainsi me retrouvai-je esclave dans les salines du détroit d'Ormuz. Durant des années, je connus l'humiliation, l'épuisement, la brûlure du sel et mille autres souffrances. Puis une guerre éclata alors que je n'avais pas vingt ans. Rien n'est plus effroyable qu'une guerre, et les hommes n'ont d'autre choix que de s'unir pour défendre ce qui leur est cher. Les origines, les croyances, les échelles sociales, les convictions politiques, la nature même des amours, n'ont plus droit au chapitre ; les différences sont balayées, et tout s'accorde devant le plus grand des dangers. Contre l'envahisseur, on fit de moi un soldat, obligé de mettre en péril ma vie pour défendre celle d'un maître qui, une fois la guerre terminée, allait sans scrupule me renvoyer à ma condition d'esclave. Je voyais en cela une profonde injustice. Cependant, l'ennemi arriva un jour aux portes du domaine. Le maître fut pris d'une telle terreur qu'il se précipita vers moi en criant :

- Défends-moi esclave, sauve-moi de ces barbares !

- De quels barbares parles-tu, Maître ?

- De ceux qui veulent tuer ma famille, détruire ma maison et voler mes richesses !

- Et que gagnerai-je à sauver la vie du barbare qui a fait de la mienne un enfer ?

On entendait déjà le fracas des combats à l'intérieur de la maison. Alors le maître s'agenouilla devant moi, baisa mes pieds en suppliant :

- Sauve-moi, Abeed, et je serai à jamais ton débiteur.

Et je sauvai mon maître. À la fin de la guerre, étant moi-même encore vivant, la liberté me fut accordée.

Je ne doutais pas que Dieu, dans sa bonté, avait changé le cours de mon destin. J'étais maintenant convaincu qu'un principe chasse l'autre, si bien que des esprits opposés sont capables de s'unir face à un péril commun. Je voulais croire que cet élan d'humanité fût aussi possible en temps de paix, et que les hommes fussent empreints d'assez de sagesse pour s'accorder ensemble. Après tout, une main a besoin de l'autre pour se laver, comme une jambe a besoin de l'autre pour avancer. Car enfin, si l'on considère que le plus grand péril est la mort, nous devrions passer notre vie à nous rapprocher et à nous soutenir.

Afin de rendre grâce à Dieu, je décidai donc de partir dans le vaste monde dans le but d'éclairer les consciences pour rapprocher les âmes.

Son histoire terminée, Abeed me demanda :

- Et toi, Sanjar, qu'est-ce qui hante ta

conscience ?

- Je suis la proie d'une folie bien trop grande pour t'en faire part, avouai-je.

- Je vois, répondit Abeed. Ainsi, c'est la peur qui obscurcit ton chemin.

Au matin, alors qu'il s'apprêtait à reprendre la route, il m'offrit un gage en échange de mon hospitalité. En découvrant l'objet, je sus qu'il m'avait percé à jour. Car Abeed a parcouru tant de pays et croisé tant de routes qu'il a appris à sonder les esprits d'un seul et unique regard.

- Non loin d'ici, me dit-il, par-delà le grand champ de pavots que j'ai traversé hier, se trouve une âme à qui tu peux te confier. Car elle est habitée de la même folie que toi.

Je demandai :

- Comment la reconnaitrai-je ?

- Tu l'as déjà rencontrée, m'avisa-t-il. Interroge ton cœur et tu sauras.

Le récit terminé, Sanjar se redressa. Les deux mains posées sur le roc chauffé par le soleil, il fit de nouveau face au champ de pavots. Dans le ciel, l'astre du jour poursuivait tranquillement sa route, bien loin du trouble qui s'était emparé de Najib. Car voilà quelques jours, traversant le souk de Kunduz, un étranger l'avait abordé pour lui demander la route de Samarcande. Sa face noire et son sourire de lune l'avaient effrayé. Mais plus encore son regard, d'une étrange profondeur, l'avait traversé sans la moindre difficulté. Affolé d'être ainsi mis à nu, Najib s'était détourné et avait fui.

Il se redressa à son tour. Cette peur le taraudait de nouveau. Mais un autre sentiment le piquait plus que tout : la curiosité. Assis près de Sanjar, il ne put s'empêcher de demander :

- Quel est donc ce présent que t'offrit Abeed ?

La brise s'invita. Un souffle timide, mais suffisant pour faire frémir la corolle des pavots. Une onde se dessina, faite d'écume veloutée, qui se mit à courir sur la mer rougeoyante. Sanjar suivit du regard cette caresse de la main de Dieu. Il chassa un bourdon qui taquinait son visage et finalement plongea pour la troisième fois la main dans sa besace. Il la ressortit avec une lenteur calculée, qui tenait presque du cérémonial, et présenta sa paume à Najib. S'y trouvait une boîte, ronde, faite d'un bois précieux. Une tabatière aux contours ouvragés. Sur sa face légèrement bombée était peinte une miniature persane d'une incroyable beauté. La scène présentait un sultan, entourant de ses bras sa favorite. Autour se déployait un jardin féerique où volaient mille oiseaux. L'inspiration du peintre était si aiguë, le trait d'une telle finesse, que l'on pouvait admirer à l'infini le foisonnement des fleurs, le plumage des mésanges, le dessin des étoffes, la beauté des visages. Sur celui de la favorite, juste au-dessus de ses lèvres, se cachait un détail que seul un œil exercé, ou averti, était capable d'entrevoir : l'ombre d'une moustache, plus fine encore qu'un fil de soie.

Comme dans un rêve, déjà le jour finissait. Inspiré par la mer de pavots, le ciel se para d'un voile vermillon. L'horizon se diluait, ne sachant plus trop à quel rouge se vouer. Puis tout s'embrasa, ciel et terre unis dans un même songe écarlate.

De ce spectacle grandiose, les deux jeunes seigneurs n'en firent aucun cas, trop occupés à contempler celui qui se trouvait tout entier sur le couvercle de la tabatière. Le cœur de Najib battait fort, et celui de Sanjar aussi. L'impossible se tenait là, à portée de main. Najib n'avait qu'à s'en saisir.

- Tu vois, murmura Sanjar. Point de mariage convenu, point de guerre sanglante. Seul notre amour comme gage de paix et de prospérité.

- Crois-tu qu'ils l'accepteront ?

- Dieu n'honore-t-il pas les braves ? souffla Sanjar.

Sa voix avait tremblé, car en vérité, en ce pays, ils s'apprêtaient à défier la mort. Mais ses yeux brillaient d'un fol espoir. Alors Najib, dans un élan de fin du monde, se pencha vers Sanjar et posa ses lèvres sur les siennes.

Et dans ce rouge insolent, un unique souffle les emporta.

Du même auteur, encore disponible :

L'île au Bois dormant - Éditions Amazon KDP

-

Contacter l'auteur :
www.thierry-brunello.com